Joachim Fründt

KAUM ZU GLAUBEN !

II

Hochdeutsche Ausgabe

Herstellung: Books on Demand GmbH
ISBN 3-8311-1286-X

JOACHIM FRÜNDT

KAUM ZU GLAUBEN !

II

Erstaunliches und auch Vergnügliches aus der Vorkriegs-, Kriegs- und Nachkriegszeit in Nordostdeutschland

Liebe Leserinnen und Leser !

Die freundliche Resonanz und das große Interesse am ersten Band haben mich ermuntert, einen zweiten Reigen von besinnlichen, nachdenklichen und zuweilen auch humorvollen Erzählungen aus unserer nordostdeutschen Heimat zusammenzustellen.
„Kaum zu glauben!" –
so lautete häufig die Reaktion meiner Zuhörerschaft, wenn ich von den ungewöhnlichen Begebenheiten aus den Jahren 1934 bis 1994, insbesondere aus der Hitler- und DDR-Zeit erzählte.
Alles, was hier geschildert wird, beruht auf tatsächlichen Begebenheiten.

Ursprünglich in niederdeutscher Mundart aufgeschrieben habe ich den Text behutsam ins Hochdeutsche übertragen, um ihn einem größeren Kreis von Leserinnen und Lesern zugänglich zu machen.
Ich wünsche Ihnen ein rechtes Lesevergnügen.

Joachim Fründt
Ahrenshoop, 1. Oktober 2000

Mit Photographien von Christine Jörss-Munzlinger

Inhalt

Volksempfänger „Goebbelsschnauze“

Hans Thedes schönstes Weihnachtsgeschenk

Der lichterübersäte Tannenbaum gegenüber dem Güstrower Postamt spiegelte sich in der Schaufensterscheibe des Elektrogeschäftes. Dahinter neigte der weißbärtige Alte mit dem roten Mantel unter seiner Kapuze unablässig sein rotbäckiges Haupt. Im gleichen Rhythmus schwenkten seine behandschuhten Hände den großen Sack mit seinen Weihnachtsgaben.
Hans Thede aber warf keinen Blick auf den so gütig Dreinblickenden, auch wenn er die Glasscheibe fast mit seiner Nasenspitze berührte. Das lag nun allerdings daran, daß er seit seiner Geburt fast blind war und seine dicken Brillengläser ihm auch nicht recht zu helfen vermochten.
Seine Augen suchten vielmehr die Radioapparate zu betrachten, die hier zur Schau gestellt waren, blaue und braune blankpolierte Holzgehäuse mit klingenden Namen: Nora und Blaupunkt, Saba, Lorenz, Telefunken und Mende, eben die neuesten Geräte, die man im Jahre 1935 in den Auslagen anbot.
Unscheinbar in ihren schwarzen Kunststoffgehäusen nahmen sich daneben die unlängst neu eingeführten Volksempfänger aus. Im Volksmund wurden sie respektlos „Goebbelsschnauze" genannt, denn zum Werkzeug der Hitler-Propaganda des beredten kleinen Mannes mit dem großen Mundwerk, des Reichspropagandaministers, waren sie erkoren.
Hans Thede schaute begehrlich auf die größeren Radiogeräte. Die Weihnachtsbescherung stand ja bevor, und noch immer stand er vor der Frage, was er seiner Frau und sich unter den Tannenbaum legen sollte und konnte.
Seine Rente wegen der Behinderung war kärglich, sie reichte gerade für den täglichen Bedarf. Für eine kleine Überraschung zum Fest hatte er aber einige Scheine beiseitegelegt. Er fühlte sie in seiner rechten Jackentasche.

Hans Thede seufzte angesichts des großen Angebots. Nein, jetzt kam er um eine Entscheidung nicht herum, ob er sich nun nicht endlich seinen Wunsch erfüllen sollte, den er schon so lange im Stillen hegte: ein eigenes Radio zu besitzen, das einem die große Welt der Tagesneuigkeiten und der Musik erschließen würde. Lesen konnte er auf Grund seiner Sehschwäche ja kaum.
Er faßte wieder nach den knisternden Geldscheinen in seiner Jacke. Dann gab er sich einen Ruck und ging in das Elektrogeschäft. Sein Entschluß war gefaßt!
Mit der kleinsten Ausgabe des Volksempfängers trat er wieder ins Freie. Sie paßte gut und gern in seine Aktentasche. Nein, mehr konnte man sich leider doch nicht leisten.
Beschwingten Schrittes eilte er damit glücklich nach Hause. Würde das eine Überraschung geben am Heiligen Abend! Kaum konnte er die Zeit bis dahin erwarten, um dann mit seiner Frau der ersten Rundfunkübertragung in seinem Hause andächtig zu lauschen.
Ja, der Festtag erfüllte alle seine Erwartungen. Ein prachtvolles Konzert mit dem Thomanerchor und den Wiener Sängerknaben schlug die beiden in seinen Bann und noch so manches Jahr bescherte ihnen der kleine schwarze Kasten lauschige Stunden im Kreise der Familie.

Dann begann der Krieg. Hans Thede mußte zwar nicht Soldat werden, aber er wurde zur Arbeit in der Kriegsindustrie verpflichtet. In Primerburg wurde ein großer Rüstungskomplex errichtet, und hier wurde er in der Endkontrolle für die neuentwickelten Sprechfunkgeräte für Panzerwagen und Kampfflugzeuge eingesetzt.
Er hatte deren Funktionstüchtigkeit zu erproben und war als fast Blinder hierzu ja auch durchaus fähig. Nun verdiente er gut, zum ersten Male in seinem Leben. Also konnte er sich und seiner Karla zur dritten Kriegsweihnacht wiederum einen Wunsch erfüllen, wollte man sich doch mit den wenigen Sendern, die die kleine „Goebbelsschnauze" hergab, auf die Dauer nicht zufriedengeben. Diesmal sollte ein größeres, leistungsfähigeres Rundfunkgerät auf ihrem Gabentisch stehen.

Am vierten Adventssonntag waren die Geschäfte nachmittags geöffnet. Wieder stand er vor demselben weihnachtlich geschmückten Schaufenster, wieder drückte er seine Nasenspitze gegen die blanke Scheibe.
Seine Augen unter der dicken Brille wurden groß und größer.
Neben dem immer noch unablässig nickenden Weihnachtsmann stand jetzt auf einer Konsole ein holländisches Philippsradio, eins, wie er es nie zuvor gesehen hatte. Eine Europakarte war in die Frontpartie eingelassen und runde rote Lichter zeigten aufblitzend die Lage der Sender an, die man sich auf der Skala wählte. Als Krönung der ganzen Pracht war im oberen Teil auch noch ein Schallplattenspieler eingebaut.
Er konnte seinen Blick nicht losreißen von diesem Apparat. Ja, der und kein anderer mußte es sein! Dies war doch das allerschönste Geschenk für die ganze Familie!
Er flog mehr nach Hause, als daß er ging. Er mußte sich doch das Geld holen, eine nicht unerhebliche Summe. Aber, was soll‘s, man war doch am Ziel aller Wünsche! Überglücklich zog er seine Neuerwerbung auf einem gummibereiften Wägelchen nach Hause.

Am nächsten Tage – überall bereitete man sich nun schon auf das Fest vor – kam auf seiner Arbeitsstelle Wladimir zu ihm und fand ihn noch immer in einer ungewöhnlichen Hochstimmung.
Wladimir, auch Waldemar gerufen, das war der Vorarbeiter der russischen Fremdarbeiter, die auch in dieser Rüstungsfirma eingesetzt waren, ehemalige Kriegsgefangene, die sich zur Zusammenarbeit mit den Deutschen verpflichtet hatten, um nicht im Lager umzukommen.
Sie lebten in einem Barackenlager neben den Fabrikanlagen, schlecht verpflegt und versorgt und abgeschieden vom Weltgeschehen, von dem doch auch ihr künftiges Schicksal abhing. Stacheldraht und Wachen unterbanden jeglichen Kontakt zur Außenwelt. Nur zur Arbeit durften sie in Gruppen das Lager verlassen.
Zu Waldemar hatte Hans Thede im Laufe der Zeit ein nahezu freundschaftliches Verhältnis gewonnen. Das war zwar verboten, doch waren

sie sich – der Behinderte und der Gefangene – menschlich sehr nahegekommen. Der Winkel des ausgedehnten Betriebes, in dem die Endkontrolle stattfand, ermöglichte auch dem Vorarbeiter der Transportabteilung, sich unbewacht mit Hans zu treffen. So konnte Hans hier auch Waldemars Fragen nach dem Fortgang des Krieges beantworten.

In seiner großen Freude über den Erwerb des prächtigen neuen Radios schoß es Thede nun urplötzlich durch den Sinn, er könnte zur Weihnacht doch auch dem Russen einen still gehegten Wunsch erfüllen! Zu Hause stand künftig der alte Volksempfänger nutzlos auf dem Dachboden, man könnte ihn entbehren.
Dieses Geschenk wäre auch für Wladimir der Gipfel der Weihnachtsfreude in diesen trüben Kriegszeiten!
So wechselte nach der Frühschicht am Heiligen Abend das Radio in einem harmlosen Pappkarton unbemerkt seinen Besitzer.
Hans hatte den unauffällig in einem Winkel des Werkraumes deponiert, wo er auch sonst einen kleinen Verpflegungszuschuß für Waldemar abzulegen pflegte. Und der fand umgehend eine günstige Gelegenheit, ihn in das Gefangenenlager zu schmuggeln.

Wieder verging ein Jahr und der Krieg ging seinem Ende entgegen. Heute läuteten die Weihnachtsglocken endlich einmal, ohne von Sirenen übertönt zu werden.
Die Frühschicht war wie gewohnt angetreten und doch lag heute über dem Betrieb eine gewisse Unruhe. Scheu huschten hier und dort die russischen Hilfsarbeiter auf ihren Arbeitsplatz.
Hans griff nach seinem grauen Arbeitskittel und bemerkte, daß in seiner Tasche ein vielfach gefalteter Zettel steckte. Er hielt ihn sich dicht vor die Augen und entzifferte kyrillische Lettern. Wie unabsichtlich ging Waldemar an ihm vorüber, blieb kurz stehen und flüsterte ihm zu:
„Gans, du Brief gutt verrrstecken! Wenn ruuussische Soldat kommen nach Deitschland, du vielleicht brauchen grossse Gilfe!"
(Die russische Sprache kennt ja kein „H")

Unauffällig wandte er sich dann ab, denn eine Betriebswache trat durch die Tür. Er und seine Mitgefangenen wurden verlegt, sie hatten bereits Wind davon bekommen.
Zunächst wußte Thede mit seinem seltsamen Weihnachtsgeschenk ja nichts anzufangen, aber er verwahrte es gut, blieb es doch eine Erinnerung an den guten Waldemar.

Der Wert des Zettels sollte sich nach dem Kriegsende erweisen. Die russischen Truppen hatten Mecklenburg schon einige Monate besetzt, als eines Morgens in aller Frühe ein Lastwagen mit quietschenden Bremsen vor Thedes Hause hielt. Uniformierte schwärmten aus, umzingelten das Grundstück und nahmen Hans fest.
Er wurde verhaftet, weil eine Anzeige gegen ihn als Kriegstreiber und aktiver Nazi vorlag, wurde ihm eröffnet.
Mitkommen! Decke und Pullover mitnehmen, hieß es barsch.
Nun war Not am Mann! Als er seine nötigsten Sachen zusammenraffte, griff er auch zu dem Schreiben der russischen Gefangenen, erinnerte er sich doch an Waldemars Worte am letzten Heiligen Abend. Was sollte ihn sonst aus den Händen der Häscher retten - wenn nicht dies ?!

Gewiß, als die meisten Männer zum Kriegseinsatz kommandiert waren, hatte er an den freien Wochenenden in der Nachbarschaft auch Arbeitsfrontbeiträge kassiert und warme Sachen für das Winterhilfswerk gesammelt und Anstecker und kleine Blümchen und Kriegsschiffsmodelle aus Plaste gegen Spenden für die Volkswohlfahrt verkauft.
Man hatte ihm als Lückenbüßer sogar unlängst den Posten als Blockwart übergehängt, als alle wehrfähigen Männer von 16 bis 60 Jahren zum Volkssturm einberufen wurden, zu Hitlers letztem Aufgebot.
Jetzt drohte ihm, daß man ihn dafür für wer weiß wie viele Jahre ins Straflager nach „Fünfeichen" bei Neubrandenburg deportiert, vielleicht gar bis nach Sibirien!
Würde er jemals von dort zurückkehren?

Hans Thede wurde aus dem Keller in einen größeren Raum hinaufgeführt und sah sich drei ihm unbekannten Männern gegenüber. Man vernahm ihn. Zu seiner Verteidigung legte er als Beweis nun das Schreiben Waldemars vor.
Es zeigte sich, daß zwei der Vernehmer russisch lesen konnten. Darin hatten Waldemar und fünf weitere russische Gefangene versichert, daß Hans ihnen in ihrer Notzeit unter eigener großer Gefahr geholfen hätte. So manches Stück Brot und so mancher Zipfel Wurst war ja auch an sie weitergegeben worden.
Die Vernehmer prüften eingehend die Echtheit des Briefes – und sie glaubten Hans! Schon am nächsten Tage konnte er als freier Mann das Polizeiuntersuchungsgefängnis verlassen, Wladimirs Weihnachtsgeschenk als Unterpfand seiner Freiheit in der Tasche.

Wenn auch die mit einem Kopierstift geschriebenen Zeilen auf dem zerknitterten Stückchen Papier allmählich vergilbten, es erhielt nun fortan zu jedem Heiligen Abend einen Ehrenplatz unter dem Tannenbaum in Thedes Weihnachtstube als sein schönstes und kostbarstes Geschenk - eben dort, wo einmal die kleine „Goebbelsschnauze" und das herrliche Philippsradiogerät ihren Platz hatten, diese Weihnachtsgeschenke, denen Hans ja wohl sein Leben verdankte.

Kleinstadtprozeß unterm Hakenkreuz

Uniformen prägten zur Hitlerzeit das Straßenbild. Da waren die feldgrauen der Soldaten, die taubenblauen der Flieger und die mit dem weißem Matrosenkragen der Marine. Die braunen der Partei und ihrer politischen Leiter, der „Goldfasane", stachen dagegen ab, auch die schwarz-weiß gekleideten Jungmädel und die schwarze Montur der SS und der Panzertruppen. Die Hitlerjugend war im ersten Kriegsjahr auch schon dunkelblau gekleidet.
Unter diesen allen gab es die verschiedensten Ränge und Dienstgrade, kenntlich gemacht durch bunte Schnüre, Kordeln, Abzeichen und Aufnäher, Schulterstücke und Kragenspiegel. Sie zu kennen war ein wichtiger Teil jeglicher Ausbildung, damit jedermann stets wußte, wer wieviel über wen zu sagen und zu befehlen hatte. „Gleichschaltung" war die Devise. Das besagte im Deutschen Reich, daß sich jeder einzuordnen hatte in die Befehlsstrukturen der verschiedensten Organisationen und Dienststellen.
In Mecklenburg hatte man damit so seine Probleme. Wenn sich auch kaum offener Widerstand regte, das stete Befehlen und Reglementieren widerstrebte so manchem, dessen landläufiges Naturell nach einer gemächlicheren Gangart verlangte. Zu solchen zählte auch Ludwig Sass, Ackerbürger und Fuhrmann unserer Kleinstadt:

Der Bürgermeister Kröcher schickt an einem frostklaren Wintermorgen seinen Ratsdiener zu Sass, er solle sich sofort mit seinem Fuhrwerk auf dem Rathaus einfinden, um einen soeben eingetroffenen Waggon Kohlen zu entladen und abzufahren.
Schon vor Kriegsbeginn waren private Lastautos rar geworden und man muß sich mit Pferdegespannen behelfen.

Luden setzt jedoch zunächst umständlich seine Pfeife in Brand, als der Ratsdiener ihn drängt, auf der Stelle den Befehl des Bürgermeisters auszuführen, schüttelt dann bedächtig den Kopf und meint darauf gemächlich, daraus könne heute aber nichts werden.
Schließlich sei er, wie man sieht, doch beim Dungaufladen. Und sein Wallach lahme sowieso. Kurz und gut, er käme nicht.
Der Ratsdiener vermeldet dies umgehend seinem Dienstherrn, der dies als eine Beleidigung seines Amtes auslegt. Erbost schickte er seinen Boten erneut los. Sass erginge es schlecht, wenn er sich nicht stantepede befehlsgemäß samt seinem Gespann auf dem Rathaus einfände!
Brühwarm wird Luden dies gesteckt, der noch immer im Schweiße seines Angesichts sein Fuhrwerk mit Pferdemist belädt.
Er bleibt gelassen bei seiner Arbeit, als er die Botschaft ein zweites Mal vernimmt, ärgert sich aber über die Drohung des Bürgermeisters.
Schließlich wendet sich Luden Sass dem Ratsdiener zu:
„De Börgermeister kann mi mal eins . . . . !"
(Den Rest seiner Rede verschweigt des Sängers Höflichkeit.)
Dann dreht er sich kurz um, greift wieder zur Forke und beachtet die Amtsperson schlichtweg nicht mehr. Was bleibt dem Ratsdiener also anderes übrig, als abzuziehen und Kröcher, dem Bürgermeister, die Abfuhr wortwörtlich mitzuteilen.
Der geht in die Luft! Diese Befehlsverweigerung läßt er sich nicht gefallen! Erst recht nicht die Bemerkung des Fuhrmanns! Der ist gut für `ne Revolution, tobt er, hier wird ein Exempel statuiert!

Und wirklich, ehe sich Luden besinnt, hat er eine Beleidigungsklage am Hals. In einer öffentlichen Gerichtsverhandlung soll er sich stellen.
Schon am Tage darauf ist die ganze Stadt auf den Beinen. Diesen Prozeß gegen einen der Ihren möchte man doch miterleben!
Vor überfülltem Saal schildert der Ratsdiener als Zeuge noch einmal wortwörtlich die Weigerung des Fuhrmanns und die Beleidigung, die dem hohen Amt des Bürgermeisters doch abträglich sei.

Der Anwalt des Bürgermeisters fordert eine hohe Strafe für Ludwig Sass. Glücklicherweise hat Amtsrichter Möller-Tittel den Vorsitz, der die heraufziehende Gefahr für Sass erkennt. Ist der im Grunde doch diesem ganzen Hitlerschen Befehlssystem entgegengetreten, dessen Freund auch der alte Richter nicht ist.

So sucht er die Klage in ungefährlichere Bahnen zu lenken und meint: *„Der Beklagte hatte doch nur seinem Ärger freien Lauf gelassen, als er am frühen Morgen schon zu ungeliebter Arbeit gerufen wurde. Kohlenschaufeln ist doch nicht jedermanns Ding!"*

Damit kommt er jedoch bei Luden schlecht an.

„Nein", entgegnet der stur, *„ich bin nicht arbeitsscheu. Schließlich habe ich doch meinen Mistwagen beladen. Aber wenn das Rathaus von mir verlangt, ich soll meinen Mist Mist sein lassen und statt dessen sofort dessen Kohlen fahren, dann ist man bei mir an der falschen Adresse. Und im übrigen"*, schließt er, *„sag ich es noch mal vor dem ganzen Saal - der Bürgermeister kann mich mal . . . . . . !"*

Im Tumult und Stimmengewirr gehen seine letzten Worte beinahe unter.

„Da haben wir es!" Kröcher, der Bürgermeister, triumphiert.

„Der sagt das sogar in aller Öffentlichkeit vor Gericht!

Das muß hart geahndet werden!

Staat und Partei können sich so etwas nicht bieten lassen!"

Wie kann der Amtsrichter die Situation für Sass retten? *„Luden Sass, weiß er denn auch, was er da sagt?"*, fragt er und wiegt bedenklich sein ergrautes Haupt. Er weiß aus Erfahrung, mit den Nazis ist nicht zu spaßen, schon mancher, der ihnen quergekommen ist, ist wegen solcherart Lappalien im Konzentrationslager gelandet!

Erst als sich der Lärm gelegt hat, zieht Luden vor aller Augen gelassen seine Pfeife aus der Tasche und beginnt, sie zu stopfen und meint dann in ganz ruhigem Ton:

„Wenn der Herr Bürgermeister das so haben will, ich kann mich hier auch dazu hinlegen! - Ich sag's nochmal: er k a n n mich mal . . . . !"

Und wieder nimmt er kein Blatt vor den Mund. Gelassen setzt er sich

auf seinen Platz. Möller-Tittel hat Mühe, daß nicht auch ihn die Erregung des vollen Saales ergreift.
„Luden, hör auf, den Bürgermeister zu provozieren", ruft er ihm barsch zu. Luden aber bleibt die Ruhe selbst.
„Ick weit gornich, wat Sei willen, Herr Amtsrichter, ick beid em doch bloots an, hei k a n n mi mal . . . . Hei möt dat aewer nich! Dat licht doch an em, ob hei dat deit!"
Gelächter ringsum! Mit dieser Wendung hatte niemand gerechnet.
Auch das Gericht ist erheitert.
„Nötigung liegt nicht vor! Und wer Mecklenburger kennt", bemerkt der Richter nun, *„weiß, daß solcherart Redewendung nicht wortwörtlich zu verstehen ist. Als Beleidigung könne dies hierzulande auch nicht ausgelegt werden.*
Der Bürgermeister möge seine Klage zurückziehen, der Beklagte aber muß fortan in seiner Wortwahl sorgfältiger verfahren, damit es nicht wieder zu so einem Mißverständnis kommt. In Mecklenburg ist es allgemein üblich, sich solcher im Grunde harmloser Redewendungen zu bedienen", begründet er seinen Vorschlag zum Vergleich.
Bürgermeister Kröcher in seiner braunen Parteiuniform hatte sich schon siegesgewiß in Positur gesetzt, nun verzog er ärgerlich sein Gesicht. Ihm gefiel dies alles nicht so recht. Er sagte gar nichts mehr, vor innerer Wut fehlten ihm die Worte. Er drohte dem Fuhrmann nur erbost mit seiner geballten Rechten.
Luden Sass gewahrte es und griente zufrieden, zog dann schon wieder seine Pfeife aus der Tasche und holte mit kräftiger Stimme zu seinem Schlußwort aus und erklärte: *„Benötigt man in Zukunft wieder eine Fuhrleistung, soll man es gefälligst rechtzeitig mitteilen und ihn darum bitten! Per Befehl laß ich mich nicht herbeizitieren! Ich bin nicht jedermanns Laufbursche, auch nicht von Bürgermeister Kröcher!"*
Er blieb geruhsam sitzen und steckte sich die Pfeife in Brand. Gelassen wartete er, bis sich Gericht und Kläger zurückzogen und die Menge der Zuschauer sich verlaufen hatte, vergnügt, daß er, Luden Sass, es dem Bürgermeister, diesem unbeliebten Goldfasan, aber tüchtig gegeben hatte!

Lektion in „Deutsch" (1936)

„Kinder, Kinder! Immer diese neumodischen Vorschriften. Die hohen Herren meinen wohl, auch mit uns alten Hasen können sie machen, was sie wollen!"

Lehrer Carl-Friedrich Maaß war ärgerlich, war sauer, hatte er doch in aller Ruhe frühstücken wollen, nun aber ließ ihn das nicht los, was heute noch als sein Unterrichtspensum in der Schule vor ihm lag. Erst dann winkte endlich ein freier Tag.
In allen Klassen sollte auf den morgigen Feiertag hingewiesen werden, den „Tag der deutschen Erhebung", der jüngst eingeführt worden war, auch so eine Hitlersche Erfindung.
Für seine dritte Klasse war vom Schulrat vorgegeben worden, eine „Deutsch"-Lektion zu geben, die den Kindern Vorbilder für ihre große Zukunft im Dritten Reich und seine Wehrhaftigkeit vor Augen stellt. Sie sollten auf ihre künftigen Pflichten gegenüber Führer und Vaterland kindgerecht hingewiesen werden.
Dafür war eine Nacherzählung empfohlen, also mußten die Schreibhefte mitgenommen werden. Den letzten Aufsatz hatte er bis in den späten Abend noch zensiert. Er legte sich den Stapel bereit und bündelte ihn mit einem Sacksband zusammen, als es auch schon an der Wohnungstür läutete. Ach ja, da stand Harry Rust bereits, sein Klassenprimus. Er sollte ihm die Hefte tragen helfen, wohnte er doch gleich um die Ecke im Patriotischen Weg und sie hatten den gleichen Weg in die Lange Straße. Also wurde es Zeit zum Aufbruch.
Vor ihnen verschwanden die letzten Schuljungen gerade im Portal der Rostocker Augustenschule. Und drinnen waren schon alle versammelt, als die beiden durch die Tür traten.

Mit einem Ruck stand die Klasse auf, durchweg Jungen um die neun, zehn Jahre alt, nur die Sitzenbleiber vom Vorjahr waren einen halben Kopf größer. Harry knallte den Stapel Aufsatzhefte aufs Katheder und sauste auf seinen Platz in der letzten Bank in der Reihe am Fenster.
„Jungs, holt euer Schreibzeug heraus", rief Maaß, nachdem er die Klasse begrüßt hatte. *„Ihr sollt nun nacherzählen, was ich euch vorlesen werde. Anschließend werdet ihr die Fragen beantworten, die ich zu dieser Geschichte heute stellen muß. Das ist so Vorschrift!"*
Er schlug das grüne Lesebuch für das dritte Schuljahr auf.
„Aus deutscher Seele" stand als Überschrift auf dem Einband. Hierin fand sich die patriotische Gesinnung, die Maaß seinen Schulkindern heute am Tag vor dem neunten November auf ihren Lebensweg mitgeben sollte. Allerdings war man im Pensum soweit bisher noch nicht gekommen, dieser Stoff war neu für die Jungs. In wenigen Jahren würden sie ja auch deutsche Soldaten werden, so sollten sie schon heute wissen, was dann von ihnen verlangt wird!

Wie vorgeschrieben, las der Lehrer darum die Geschichte von Karl Klinke vor, dem Helden von den Düppeler Schanzen, dem Pionier aus dem Krieg Preußen gegen Dänemark 1864. Der war zuvor einfacher Bergmann gewesen, hatte Frau und Kinder und ein kleines Häuschen mit einem Garten im hintersten Schlesien und hatte von Deutschland bisher nichts anderes gesehen als das kleine Stückchen Kohlenpott in seiner Heimat.
Von dort hatte ihn sein König unter die preußischen Fahnen gerufen, dem es in Berlin nicht gefiel, daß die Dänen im nördlichen Schleswig-Holstein noch immer das Sagen hatten. So mußte auch Reservist Karl Klinke über die dänische Grenze marschieren bis man bei den Verschanzungen der Dänen bei Düppel nicht mehr weiterkonnte. Uneinnehmbar hatten die sich dort verbarrikadiert.
Maaß machte eine Pause. Er sah, die Jungen hingen an seinen Lippen. Nun mußte er ja wohl etwas für ihren Patriotismus tun!

Ihm konnte das nicht schwer fallen, hatte er es doch im Weltkrieg selbst auch zum Offizier gebracht.
„Hört gut zu, wie es zugeht, wenn Krieg ist!"
Er hob seine Stimme und sah den Jungs in die Augen.
„Da kommt es auf jeden Mann an. Jeder muß genau wissen, was sein Feldherr von ihm verlangt!"
Doch die Kinder waren bereits ganz Ohr. Ihnen war es ja schon klar, daß sie Soldat werden würden, wenn es auch längst keinen preußischen König mehr gab. Ja, man müßte doch wissen, wie es einem ergeht, wenn die Deutschen einmal wieder Krieg machen.
Allein beim Rummarschieren wie bei dem Rostocker Regiment, den „Neunzigern", würde es dann nicht bleiben, so mit flatternden Fahnen und Tschingderassabum und dem Oberst hoch zu Pferde an der Spitze der Marschkolonnen .

Maaß kam zur Sache. Er las weiter vor, was die preußischen Pioniere anzustellen hatten, damit sie die Dänen aus ihren Verschanzungen vertrieben. Mit Hurra stürmten sie furchtlos vorwärts. Aber deren Geschütz– und Gewehrfeuer war stark. Bald konnte man weder vorwärts noch zurück, der Kugelhagel zwang jedermann zu Boden. Auch die Wallanlagen waren hoch und stark befestigt und das einzige Zugangstor war fest verrammelt.
Erst wenn das gesprengt werden könnte, würde auch der Angriff wieder möglich sein! Pulversäcke zum Sprengen hatten die Reservisten aus Schlesien auch dabei. Doch nun mußten sie feststellen, daß die Zündschnüre verloren gegangen waren! Man müßte die Bastion mit der Sprengladung, wie sollte es anders gehen, mit einem Streichholz oder Feuerzeug in die Luft jagen.
Lauthals rief ihr Hauptmann: *Wer ist ein rechter deutscher Mann und macht das?!*
Bang sahen sich seine Männer an. Das war ein Himmelfahrtskommando, bei dem man draufgehen würde. Aber Karl Klinke zögerte keinen Augenblick und meldete sich: *Ich, ich tu's!*

Lehrer Maaß erzählte nun fließend, wie es weiterging:
Dann packte Klinke im toten Winkel der Palisaden all die Pulversäcke unter das Festungstor, wandte sich um und rief: *Sorgt für meine Frau und meine Kinder!* Und gleich darauf knallte es gewaltig und das Tor sprang in Stücke. Der Hauptmann und seine Pioniere stürmten hindurch und vertrieben die dänischen Truppen so gründlich, daß die bald keinen Mut mehr hatten, den Kampf fortzusetzen und sich den Preußen ergaben! -
Die Schuljungen saßen atemlos da. Ja, das war mal schneidig!

Nun waren die Kinder an der Reihe, Klinkes Heldentat nachzuerzählen, als ihr Lehrer auch noch berichtet hatte, was danach geschah. Als die Hefte verteilt waren und jeder sein Schreibzeug bereit hatte, schrieben sie nun auch noch davon, daß der Frau des Pioniers Klinke vom König ein eisernes Kreuz mitsamt einer Urkunde zugesandt wurde. Und der Pionierhauptmann und seine schlesischen Reservisten durften nach dem Krieg bei der Siegesparade in Berlin gleich hinter der Musikkapelle und der flatternden Regimentsfahne an ihrem allerhöchsten Kriegsherrn vorbeimarschieren!
Voller Eifer machten sich die Jungs an die Arbeit. Man sah, daß sie von der Geschichte sehr angetan waren. Eine Zeitlang war nur das Gekratze der Federhalter zu hören.
Lehrer Maaß saß indessen geruhsam auf seinem Katheder und kramte einen Taschenspiegel und seine Nagelschere heraus. Harry Rust kannte das ja schon. Das war dessen Marotte, sich dort oben vor aller Augen die Haare aus seiner Nase zu schneiden. Natürlich, so auch heute!
Doch dann kam Leben in den Endvierziger, er packte die Schere gleich wieder weg, denn es wurde unruhig in der Klasse, die ersten Jungs hatten ihre Nacherzählung fertig. Man wartete noch etwas auf die Langsameren und dann ging man zu den Kontrollfragen über.
Harry sammelte die Hefte ein.
Er war sich sicher, daß er alles richtig begriffen hatte, wenn er auch ab und an in Gedanken an seinem Federhalter gekaut hatte.

Harry war aber nicht so ganz einsichtig, was deutsche Schulkinder von diesem Karl Klinke eigentlich lernen sollten. Als die Fragerei begann, wurde er noch unsicherer.
„Was hat Pionier Klinke gehabt?“, wollte der Lehrer wissen.
„Schiß hatte er”, sagte einer, *„als die Dänen so doll geschossen haben!”* Doch das wollte Maaß nicht durchgehen lassen.
Aber er hat doch nichts von der Sprengung gehabt, wollte Harry schon dazwischen platzen, denn der ist doch mit all seinen Pulversäcken in die Luft geflogen. Aber er schwieg denn doch lieber erst einmal.
Schließlich kam die Antwort, auf die der Lehrer aus war. Er half auch etwas nach, indem er die Lippen zu einem *„M“* formte, und Heiner Mau, der ganz vorne saß, meinte, er sei angesprochen und platzte mit der richtigen Antwort heraus: *„Mut!”*
Ja, Heiner Mau, der plattdeutsche Flasskopp, kam so als erster darauf, was das Vaterland von seinen Söhnen verlangt.
Harry hatte schon halb seinen Finger oben und wollte dagegenhalten, daß Klinke doch ganz schön leichtsinnig war. Einmal lebt der Mensch doch nur - und dann mußte der Pionier Klinke doch auch an seine Kinder zu Hause denken, die dann keinen Vater mehr haben.
Glücklicherweise hatte Maaß aber nicht zu ihm hinübergesehen. Der ging nun zur nächsten Frage über.
„Was haben denn die anderen Reservesoldaten bekommen?”
Ja, was? Etwas Musik, als die Leute Spalier gestanden haben, denn so hatte er es auch in sein Heft geschrieben. Und der König in Berlin hatte sie gnädig gegrüßt, als sie bei der Parade an ihm vorbeimarschierten. Das soll etwas sein? Er dachte noch darüber nach und überhörte so die Antwort, als auch schon die nächste Frage gestellt wurde:
„Was haben Klinkes Frau und Kinder bekommen?”
Die Jungs in den Bänken vor Harry guckten ratlos in die Gegend. Gewiß, besann sich der Primus, erhalten sie einen Brief mit einem Orden aus Eisen, den sie sich neben das Bild von ihrem toten Vater über die Kommode hängen konnten. Und in der Kirche würde Klinkes Namen an einer Ehrentafel angeschrieben! Das hatte Maaß noch hinzugefügt.

Harry wollte es nicht in seinen kleinen Kopf, daß Klinke offenbar alles richtig gemacht hatte.
Er hatte das doch mit seinen Worten ganz anders geschrieben!

Harry merkte gar nicht, daß ihm ganz heiß geworden war und er einen roten Kopf bekommen hatte, und irgendwie hörte er nur mit einem halben Ohr hin, als der Lehrer jetzt zusammenfaßte: *„Orden und Ehrungen bekommen deutsche Helden wie Pionier Karl Klinke bei den Düppeler Schanzen! So einer wie der müßt ihr Jungs auch werden, wenn ihr groß seid!"*
Befriedigt sah Maaß in die Runde. Er hatte nun seine Lektion in „Deutsch" durch.
Harry aber kam immer noch nicht mit sich zurande: Wieso denn? Klinke war doch dabei draufgegangen, was sollte er daraus lernen? Doch eher, daß er nicht so ein tollkühner Soldat wird wie der.
Er duckte sich nun noch etwas mehr hinten in seiner letzten Bank.
Wie hatte doch der Hauptmann gerufen? Wer ein rechter deutscher Mann ist, soll das zeigen, und wenn es das eigene Leben kostet! Da ist Pionier Klinke losgesprungen.
Soll ich so einer werden, einer, der sich selbst in die Luft jagt?
Soll uns so etwas beigebracht werden?
Nein, er konnte sich das nicht denken, und so hatte er es auch in seinem Aufsatz geschrieben. Klinke war schön dumm, stand da. Und daß er dann lieber nicht Soldat bei den Preußen werden möchte, wenn das da so zugeht. Nein, er wollte in der Schule lieber lernen, was er zum Leben braucht! So hatte er es zu Papier gebracht.
Was Lehrer Maaß nun wohl zu seinem Aufsatz sagen würde?
Jedoch erst einmal war die Unterrichtsstunde herum, die ihn deutsche Mannesart lehren sollte. Die Klingel auf dem Flur schrillte laut.
Die Hefte wurden wieder mit einem Band zu einem Stapel gebunden und bis zur letzten Schulstunde im Klassenschrank eingeschlossen. Mittags würde er sie wieder in den Patriotischen Weg in die Etagenwohnung des Lehrers zurücktragen.

Da lag nun „Karl Klinke“, der alle Jahr im dritten Schuljahr in Mecklenburg herausgeholt wurde, die Jungen zu instruieren, wer ein rechter deutscher Mann ist und was er zu tun hat, wenn es einmal wieder Krieg geben würde.
Für Harry Rust war es allerdings ein großes Glück, daß sein Lehrer dichthielt und vor der Klasse nicht wieder darauf zurückkam, wie sein Primus diese Geschichte ausgelegte.

Maaß, dieser alte Hase, wußte sehr wohl, warum er das nicht tat. Er wollte auch weiterhin mit seiner Obrigkeit gut auskommen und scheute eine offene Diskussion in seiner Klasse . . . .
War er sich wohl auch bewußt, daß er bei seinen Schuljungen dazu beitrug, daß sie auf den nächsten Krieg vorbereitet wurden?
Deutschlands heroischen Schicksalskampf, die Herausforderung der Völker Europas auf Leben und Tod, hatte Hitler ja schon damals im Sinn, um durch einen siegreichen zweiten Weltkrieg die deutsche Niederlage im ersten zu revidieren.
Wie hieß es doch schon zu Kaiser Wilhelms Zeiten?
„Am deutschen Wesen soll die Welt genesen!”

Auch Harry Rust und Heiner Mau und die meisten Jungen ihrer Klasse sollten dafür nach wenigen Jahren im 2. Weltkrieg sterben.
Sie haben ihre Lektion in „Deutsch“ mit dem Leben bezahlt.

Diese seltene Fotografie zeigt den Panzerkreuzer „Mecklenburg”
bei der Passage des Nord–Ostseekanals um 1913.
Das Schiff wurde auf der nächtlichen Heimfahrt von der Seeschlacht
im Skagerrak torpediert und sank mit der gesamten Besatzung.

Käppen Glattes erste Feindfahrt

So mancher Mecklenburger erlebte die ersten Tage des zweiten Weltkrieges an Bord seines Schiffes in der Kriegsmarine auf hoher See. U-Boote westwärts auslaufen! So lautete nämlich Hitlers Befehl bereits lange bevor noch der erste Schuß an den Grenzen gefallen war.
Schon zehn Tage vor Beginn der Kampfhandlungen liefen darum die meisten deutschen Unterseeboote in die Seegebiete rund um England und in den Nordatlantik aus. Dort sollten sie sich nahe der Schiffahrtsrouten auf die Lauer legen und sich sogleich nach der Kriegserklärung auf ihre Beute stürzen, auf Handelsschiffe, die die britische Insel mit Öl und Lebensmitteln versorgen sollten.
Der deutsche „Führer" wollte die Engländer aushungern und sie so zu einem baldigen Friedensschluß veranlassen. Darum – so kalkulierte er – würde der Krieg gegen Großbritannien schon bald wieder beendet sein, den er mit seinen wenigen deutschen Kriegsschiffen gegen Albions mächtige Flotte sonst nicht gewinnen würde.

Zu diesen Unterseebooten zählte auch U-39, eines der größten und modernsten, das erst kurz zuvor in Dienst gestellt worden war. Kapitänleutnant Gerhard Glattes war der Kommandant, ein uriger, etwas derber Offizier, der gerade darum bei seinen mecklenburgischen und pommerschen Matrosen besonders beliebt war.
Am dritten September, als die Truppen der Wehrmacht bereits drei Tage in Polen kämpften, und das Boot unbemerkt im Gebiet der Hebriden kreuzte, bekam auch er den längst erwarteten Funkspruch:
„Es geht los!"
„Scharf schießen, wann immer sich ein englisches Schiff blicken läßt!"

Doch nun erlebte Glattes und die anderen deutschen Kommandanten der von Hitler ausgesandten Panzerschiffe, Hilfskreuzer und U-Boote eine herbe Enttäuschung.
Der Tommy ließ sich nicht überraschen!
Schon seit vielen Wochen waren die deutschen Truppenverschiebungen an die künftigen Fronten im Osten und Westen und die anderen Kriegsvorbereitungen der Luftwaffe und des Heeres unübersehbar.
Die englischen Verbündeten der Polen und Franzosen hatten durch ihre Spione beizeiten Kenntnis davon, daß der große Krieg unmittelbar bevorstand.
Rechtzeitig gab man also den Befehl, daß unverzüglich alle Schiffe im nächsten Hafen Schutz suchen sollten. So waren der Nordatlantik und die Nordsee im Nu leergefegt von allem, was eine englische Flagge am Mast führte. Die deutschen U-Boote und Panzerschiffe warteten vergeblich auf ihre Opfer! Keine Mastspitze war am Horizont zu erblicken.

Am 14. September endlich, elf Tage nach Beginn des Krieges gegen Großbritannien, sahen die norddeutschen Matrosen, die auf dem Kommandoturm neben ihrem Käppen Ausguck hielten, durch ihre Ferngläser weitab ein Schiff sehr schnell auf ihr U-39 zulaufen. Es fuhr im Zickzackkurs, also mußte es ein Brite sein, und wie die Kursberechung zeigte, müßte man bald aufeinandertreffen.
Es wurde ernst! Das Gefecht begann!
Der Kaleu ließ das Boot gleich auf Tauchstation gehen. Bald meldete auch sein Maat am Horchgerät starke Schraubengeräusche. *„Sie müssen von sehr starken Schiffsmotoren rühren. Es dürfte ein recht großer Pott sein, der rasch näher kommt“*, meinte er.
Käppen Glattes ging auf Sehrohrtiefe und ließ sein Periskop ausfahren. Er riskierte einen Blick in die Runde und erschrak nicht wenig.
„Wahrhaftig! Dies ist ein Kriegsschiff, ein mächtig großes sogar!“
Ein zweites Mal blickte er durch das Okular, sich den Kahn noch einmal genauer zu betrachten. Er stutzte. Ja, dieses Monstrum mit seinen hohen Aufbauten kannte er doch von der Seekriegsschule her!

„Das ist doch einer der größten Flugzeugträger, über den die Engländer verfügen, die Arc Royal!" -
„Mann o Mann! Wenn man den torpedieren könnte, das wär doch toll!"
Ihm und seiner Mannschaft wären hohe Auszeichnungen sicher.

Gerhard Glattes ließ das Sehrohr wieder einfahren und brachte sein Boot gelassen und umsichtig in Schußposition. Die Klappen der vorderen Torpedorohre wurden geöffnet.
Nur 800 Meter querab lief der gewaltige Pott in das Fadenkreuz seines Zielgerätes. Offenbar war das feindliche Schiff völlig ahnungslos, welche Gefahr ihm drohte.
„Rohr eins und zwei sind fertig zum Schuß", wurde Glattes gemeldet. Und schon gab er auch kurz und knapp sein Kommando:
„Rohr eins und zwei - los!"
Voller Spannung hielt alles im Boot den Atem an, als die Aale liefen – dann gab es urplötzlich einen gewaltigen Knall, dem ein furchtbares Krachen im Vorschiff folgte.
Seine beiden Torpedos waren viel zu früh, schon kurz vor dem eigenen Boot, explodiert!
Vorne brach Wasser wie ein Sturzbach ein und oben stiegen zwei hohe Wassersäulen in die Höhe, die auf dem Flugzeugträger sogleich Alarm auslösten. Erst jetzt wurde man dort das deutsche Unterseeboot gewahr, das kurz mit dem Turm und dem Achterschiff auf der Wasseroberfläche sichtbar wurde. Geistesgegenwärtig hatte der Käppen Preßluft in alle Tauchtanks gejagt und das Boot noch einmal kurz an die Wasseroberfläche gebracht.
Eilig drängten sich die U-Bootmänner durch das Turmluk nach oben und sprangen von dort ins kalte Wasser, denn U-39 sackte rasch tiefer und tiefer. Die letzten schafften es kaum noch, ins Freie zu kommen, als es auch schon ganz in der Tiefe verschwand.
Sie waren noch einmal davongekommen!
Aber ihr U-Boot hatten sie praktisch selbst versenkt, denn die deutschen Torpedos erwiesen sich hier zum ersten Male in diesem Kriege als eine unzuverlässige Konstruktion.

Die Engländer fischten die deutschen Matrosen aus der unruhigen See. Für diese war der 2. Weltkrieg zu Ende, noch bevor er recht begonnen hatte. Erst nach sechs Jahren Gefangenschaft sahen die Mecklenburger und Vorpommern unter ihnen die Heimat wieder.
Ja, so fing der deutsche Seekrieg an, damals, im September 1939.
Das Schicksal dieses U-Bootes und seiner Besatzung blieb zunächst lange unbekannt.
Die Engländer hielten den Vorgang noch jahrelang geheim, der sie beinahe ihren kostbaren Flugzeugträger gekostet hätte.
Ohne diesen hätten sie später womöglich die „Bismarck", das größte deutsche Schlachtschiff, nicht versenkt. Denn den zu deren Untergang führenden, alles entscheidenden Torpedotreffer auf das Ruder des Riesenschlachtschiffes erzielte ein Flieger von der „Arc Royal"!

Feldpost nach Neubrandenburg

Man schrieb den 28. Februar 1940. Der Krieg war nun beinahe ein halbes Jahr ins Land gegangen, und das will heißen, man hatte noch gar nicht viel davon gemerkt.
Die Sache mit Polen war schon fast vergessen und die Franzosen und Engländer rührten sich so gut wie gar nicht. Nur ein paar Fliegerbomben waren auf Wilhelmshafen und Warnemünde gefallen.

Jedoch vier Tage zuvor hatte es ein großes Unglück gegeben, von dem man in ganz Deutschland nichts wußte und das auch in Neubrandenburg erst an diesem Abend ans Licht kam.
Als Eisenbahner K. von seiner Arbeit nach Hause kam, sah er sogleich, daß etwas geschehen sein mußte. Seine Frau hatte ganz rote Augen, hatte geweint. Man sah es ihr an.
Auf dem Küchentisch vor ihr lag ein Brief, so ein Feldpostbrief mit einem Klebestreifen zum Zukleben und mit dem Bild einer Postkutsche auf der Rückseite. Mehrere eingelegte Blätter lagen daneben.
„Walting hat geschrieben", gab sie ihm zu verstehen und sah traurig zu ihm auf. Ihre Stimme hatte keinen rechten Klang.
Eilig, noch im Stehen langte er sich den Brief und die engbeschriebenen Bogen. Ja, dies war Walters Handschrift.
Aber auf dem Umschlag war die Adresse von fremder Hand flüchtig gekrakelt. Der Absender fehlte.
Und der Brief war auch nicht in Neumünster abgestempelt, wo der Sohn auf dem Fliegerhorst stationiert war.
Seltsam, was mochte dies auf sich haben?
Er wandte das erste Blatt um und begann zu lesen.
Seine Verwunderung nahm von Zeile zu Zeile zu. Dort stand:

„Ihr Lieben zu Hause,
ich verstehe die Welt nicht mehr! Bekommt keinen Schreck, wenn ich Euch nun wissen lasse, daß ich aus dem Militärgefängnis schreibe. Man hat mich eingesperrt und dabei weiß ich gar nicht, was ich bei dem falsch gemacht habe, was geschehen ist.

Gestern am späten Nachmittag sind wir an den Start gerollt zu unserem dritten Feindflug. `Bomben auf Engelland´ – so haben wir zuerst noch gesungen, doch dann wurde es langweilig, als wir stundenlang über der Nordsee flogen und nichts zu sehen war als Wasser. Es wurde schummrig, der Mond stand schon voll am Himmel und unter uns kam auch noch Nebel auf. So sind wir tiefer gegangen, aber weiterhin gab es nur Wasser über Wasser zu sehen. Hier war ja auch in diesem kalten Winter kein Eis wie bei Euch auf der Tollense.

Und dann ging auf einmal alles ganz schnell. Werner Millhahn, was unser Funker ist, sah den Kasten unter uns als erster und rief aufgeregt: `Unter uns ist ein Kriegsschiff!´
Der Engländer! Also ran! Etwas anderes gab es für uns natürlich nicht. Es war ja unser Auftrag, hier reinen Tisch zu machen.
Unser Oberfeldwebel vorne am Steuer flog gleich einen Bogen und schon stießen wir auf den Feind herab zum Angriff. Die Bomben waren bereits ausgelöst, als seine Flakgeschütze noch auf uns schossen, aber die Leuchtspur flitzte an uns vorbei. Ich sah es genau, wie er zwei dicke Eier von uns mittschiffs auf sein Deck verpaßt bekam. Die hatten gesessen!
Was haben wir gebrüllt! Er muß gleich abgebruddelt sein, doch der Oberfeld flog noch eine weitere Runde, um sicher zu gehen. Bei dem bißchen Mondschein hier unten im Nebel war die Sicht allerdings sehr schlecht, doch ihm war so gewesen, als wenn da noch ein Schaumstreifen von einer weiteren Heckwelle geblänkert hatte, als wir abdrehten.
Und richtig! Da war noch ein anderes Schiff in der Nähe, auch ein Kriegsschiff, wohl ein Zerstörer, so bei 3000 Tonns.
So richtig war das Ding aber nicht auszumachen.

Das Schiff schoß nicht, als wir einkurvten. Wenn wir es auch nicht allzu hoch anflogen, hatte es uns wohl nicht bemerkt.
Nun aber galt es: er oder wir!
Uns blieb dabei nicht viel Zeit, darüber nachzudenken, ob der Zerstörer uns wohl im Tiefflug beikommen konnte. Auch er bekam unsere Bombenladung ab und schon ging es zurück nach Hause! Unsern Bombenvorrat waren wir ja nun los. So haben wir nicht mehr gesehen, ob er auch unterging.
Was waren wir stolz! Gleich zwei große Kriegsschiffe hatte der Engländer auf einmal verloren. So ein Glück hat man nicht alle Tage!
Werner hat immer wieder gesungen:
'Bom-ben, Bom-ben, Bomben auf Engelland! Hört ihr die Motoren singen: Ran an den Feind! Hört ihr's in den Ohren klingen: Ran an den Feind! Bom-ben, Bom-ben, Bomben auf Engelland!'
Ja, dies war doch mal was.
Zwei Stunden später sind wir auf dem Heimatflughafen in Neumünster wieder sicher gelandet.
Das dicke Ende kam danach. Kaum war unsere Maschine ausgerollt, wurden wir alle vier in Haft genommen. Keiner sagte uns, wieso und warum. Erst am andern Morgen bei der Vernehmung kam es heraus, daß uns vor unserem Feindflug niemand gesagt hatte, daß dort auch deutsche Kriegsschiffe unterwegs waren, wo wir doch alle Engländer versenken sollten, die wir vor ihrer Küste antreffen.
Zwei von unseren eigenen Zerstörern, die dort Minen legten, sollen wir in den Grund gebohrt haben ! ! ! - Doch was können wir dafür?
Was wird von unserem stolzen Löwengeschwader jetzt in der Marine gesagt werden? Wir sollten sie schützen – und nun dies!

Liebe Eltern, *ich hoffe nur, daß man uns dies nachsehen wird, weil man uns ahnungslos auf diesen Feindflug kommandiert hat. Die Strafe, die sicherlich nicht ausbleiben wird, wie uns der Gerichtsoffizier sagte, wird wohl zur Frontbewährung ausgesetzt.*
Schließlich haben wir niemals gelernt, deutsche und englische Schiffe

bei Nacht und Nebel zu unterscheiden. Und hat nicht das eine Schiff bei unserem ersten Angriff selbst auf uns geschossen?
Ich bitte Euch, sagt um Himmels willen zu keinem Menschen etwas von diesem Brief! Ein guter Kamerad besorgt ihn heimlich für mich. Sonst ist er auch dran.
Ich denke in Liebe an Euch und grüße Euch, auch Anni, und bleibe
Euer trauriger
Walter

Als sein Vater den Brief gedankenschwer wieder aus der Hand legte, wußte er nicht, daß an diesem Abend in Neubrandenburg noch ein zweiter und ein dritter Feldpostbrief eintrafen, den Tod von fast 600 deutschen Blauen Jungs betreffend.

Der eine Brief kam mit der Post und war nur kurz.
Das Marinekommando Nordsee teilte darin der Familie O. mit:
„Ihr Sohn, der Oberleutnant zur See O. ist im Kriegseinsatz für Führer und Reich am 24. 2. 1940 auf See geblieben. Bitte sehen Sie vorerst von Rückfragen ab."

Der andere Brief kam nicht mit der Post, aber bei derselben Familie an. Er wurde von einem Urlauber abgegeben, der sich in der Dämmerung des Wintertages schnell wieder verdrückte:
„Lieber Kamerad O.,
auf Ihre telefonische Nachfrage teile ich Ihnen in alter Freundschaft mit, daß der Vorgang, in dessen Zusammenhang Ihr Sohn sein Leben verlor, wie Sie inzwischen wohl offiziell erfahren haben, der Geheimhaltung unterliegt.
Hörensagen nach kam für ein deutsches Kampfflugzeug vor der englischen Küste durch einen Übermittlungsfehler der Einsatzstäbe die Mitteilung zu spät, daß sich im Kampfgebiet auch deutsche Seestreitkräfte aufhielten. Zwei Zerstörer von diesen, Z1 und Z3, sanken mit ihrer Mann-

schaft nach Volltreffern durch deutsche Bomben!
Die eingeleiteten Rettungsmaßnahmen mußten auf Grund der U-Bootgefahr vorzeitig abgebrochen werden. In dem zu dieser Zeit drei Grad kalten Wasser war auch für geübte Schwimmer die Chance zum Überleben nur gering.
Es ist bitter, in Zusammenhang mit diesem folgenreichen Irrtum an den Heldentod Ihres verehrten Sohnes zu denken.
Ich spreche Ihnen und Ihrer Familie mein tief empfundenes Beileid aus und bitte Sie, weisungsgemäß absolutes Stillschweigen über das Vorgefallene zu bewahren."

Ein kleiner Irrtum unterlief also bei der Funkübermittlung zwischen Marine- und Luftwaffenstäben. Beide machten daraus ein Geheimnis, und das auf allerhöchste Anordnung.
Im „Geheimen Kriegstagebuch der Deutschen Kriegsmarine 1940" läßt die Seekriegsleitung vermerken:
„Der Führer und Oberste Befehlshaber der Wehrmacht hat persönlich befohlen, daß unter keinen Umständen etwas über diesen Vorfall bekannt werden darf!"
Es war ja nur ein kleines Versehen!
Schon im ersten Kriegsjahr mußte das eigene Heimatland also 587 deutsche Männer, Väter, Söhne und Brüder auch noch totschweigen!

Am Wegesrand irgendwo im Osten

. . . und ihre Stätte kennet man nicht mehr . . .

Drei Jahrzehnte waren seit dem großen Weltkrieg vergangen, als neben der schier endlosen, schnurgeraden Fernverkehrsstraße, die die deutschen Soldaten seinerzeit Rollbahn nannten, nicht weitab von Mogilew ein Vermessungstrupp ans Werk geht.
Eine neue Trasse für die Telefondrähte soll angelegt werden, da geplant ist, die Straße zu verbreitern.
So schlägt sich denn der kleine Trupp abseits durch Buschwerk und Gestrüpp: ein älterer Brigadier und bei ihm ein junger Schlaks von noch nicht 17 Jahren und schließlich eine Matruschka in einem schäbigen Overall, die wohl gerade noch die Meßlatte halten konnte.
Die Sonne steht hoch am Himmel, es ist Zeit, eine Frühstückspause einzulegen. So lassen sich die drei im Schatten einiger breitästiger Tannen und Holunderbeerbüsche nieder, die die Straße säumen.
Es ist recht dürftig, was ihre Beutel an Eßbarem hergeben und jeder mampft unlustig vor sich hin.

Plötzlich hört die Matka auf zu kauen. Ihr Blick fällt auf einige ausgebleichte Knochen, die unter einem Gebüsch gleich neben ihnen hervorgucken. Sie zuckt zusammen - ein Totenschädel liegt daneben und noch ein zweiter, ein Stahlhelm noch darauf. Das Laub des letzten Jahres hatte ihn halb verborgen.
Neugierig tritt der Junge heran, schiebt das Laub beiseite und stutzt. Die beiden Toten liegen Brust an Brust, ihre Finger krallen sich dort, wo einmal der Hals war.
Und etwas tiefer, in Brusthöhe, blinkt es matt. Fachmännisch stellt er fest: Abzeichen, wie die Scharfschützen in der Roten Armee sie bekommen. Dies interessiert ihn nun noch mehr.

Mit Fuß und Händen entfernt er ringsum die Erde und zum Vorschein kommt ein kleiner, fünfzackiger Stern, noch etwas rote Lackfarbe darauf. Im nächsten Augenblick hat er auch schon daneben ein rostiges Eisernes Kreuz entdeckt und eine schwarze Medaille mit einem Stahlhelm darauf.
Er hält seine Entdeckung in die Sonne, zeigt sie den beiden andern: *„Seht mal, zwei Helden aus dem letzten Krieg liegen hier, ein Fritz und einer von uns".* Die Frau bleibt jedoch scheu hocken.
Auch der Brigadier läßt sich zunächst Zeit, tritt dann aber näher. *„Kriegshelden"*, sagt er gedehnt nach einer Weile, so ganz für sich. *„Waren das Kriegshelden?"* Er zieht das Wort Helden diesmal noch länger.
„Jungs waren das, vielleicht so alt wie du, guck die Zähne an! Wie mögen die hier mitten in Mütterchen Rußland unter diesen Busch gekommen sein?" - *„Laß einmal sehen, Jung"*, meint er sodann, *„ob sie noch ihre Erkennungsmarken haben".*
Die beiden nehmen ihre Hände als Schaufeln zur Hilfe. Der Boden ist locker, jedoch die Wurzeln der Tannen und des Busches machen ihnen Mühe. Aber sie brauchen auch gar nicht lange zu suchen. Es ist, als wären die beiden toten Soldaten zusammengewachsen.
Die Marken sind grau, spakig und nicht recht zu lesen. Die vielen Zahlen darauf sagen ihnen nichts. Der Alte bricht das untere Ende von ihnen ab, wiegt die Abschnitte dann in seiner linken Hand.
„Das waren Kriegshelden, nicht?", meint nun wieder wichtig sein junger Kollege. Er hält sich das Eiserne Kreuz dicht unter die Augen und scheuert es dann blank.
„Wie kamen die hier wohl zu Tode?", fragt er dabei. *„Und so viele Orden haben sie! Du hast doch den Krieg mitgemacht, Väterchen, weißt du vielleicht, was damals passiert ist?"*
Er sieht den Alten fragend an, der bedächtig mit dem Kopf nickt, während er jetzt den roten Stern in die Rechte nimmt.
„O ja, hier war damals auch Krieg, hier an der Straße gingen die Deutschen zurück. Unsere wollten sie umgehen und ihnen den Rückzugsweg

abschneiden. Im Wald hatten sie ihr Lager und diese Straße lag voll von deutschen Lastautos und Fuhrwerken. So mancher ist damals in dieser Gegend umgekommen."

Still sieht er herab auf die Marken und Orden in seiner Hand. Erwartungsvoll schaut ihn der Junge an, ob er nicht noch mehr aus der Kriegszeit erzählen würde. Und richtig der Alte geht wieder auf ihn ein.

„Junger Mann - ob das Helden gewesen sind, diese beiden, die hier gestorben sind, das kannst du nicht wissen! Gewiß, dieser hier, unser Towarisch, konnte gut schießen, darum hat er doch den Stern bekommen. Und der andere konnte es auch, sonst hätte er nicht dieses deutsche Kreuz gehabt. Vielleicht haben sie wirklich viele totgeschossen, Deutsche und Russen. Aber zum Schluß sind sie sich hier an die Gurgel gesprungen, das siehst du doch!"

Er schweigt, schaut nachdenklich auf das Häuflein Knochen und geht still seinen Gedanken nach. Die Matka bleibt für sich und spuckt ab und an Sonnenblumenkerne in die Gegend.

Nein, niemals kommt es an den Tag, daß der Kradmelder Gerhard Fahning, Forstarbeiter aus einem kleinen Dorf bei Güstrow, in einer mondhellen Nacht auf der Rückzugsstraße nur einmal kurz sein Motorrad gestoppt hatte und hinter einem Busch verschwand. Er mußte mal austreten.

Um die gleiche Zeit war Wladimir Matrossow, Fischer aus Astrachan, still und heimlich kurz von seinem Posten vor dem sowjetischen Waldlager verschwunden. Er hatte sich an die Straße geschlichen, um zu erkunden, ob sich in einem liegengebliebenen Fahrzeug nicht etwas Eßbares fände. Tagelang schon waren sie ohne Weg und Steg durch die Wälder hinter der deutschen Front marschiert und hatten dabei fast keine Verpflegung erhalten. Er war ganz einfach hungrig wie ein Wolf!

So stießen die beiden in der Finsternis urplötzlich aufeinander.

Jeder fürchtete, der andere schießt zuerst. So rissen sie gleichzeitig die Pistolen aus dem Halfter, schossen und sprangen sich dann an, umklammerten sich mit letzter Kraft und sind dann zusammen verblutet. -

Der Brigadier ist mittlerweile mit sich klargekommen. Er weiß nun, was zu tun ist, damit sein Trupp die Arbeit fortsetzen kann. Er sieht sich nach einer Vertiefung im Boden um, vermerkt sie in seiner Kartierung und gibt dem Jungen dann einen Wink. Der muß nun alles zusammenbasteln, den Stahlhelm und die Koppelschlösser, das mit dem Stern und das mit dem Deutschen Adler, und was sonst noch übrig war von dem Lederzeug. Zusammen mit den Knochen kam darauf alles in die Grube, auch der Rest der Erkennungsmarken, und dann nimmt er sorgsam die Orden und Ehrenzeichen in seine Hände, geht in die Knie und legt sie auf das Häuflein Mensch, bevor Sand darüber geschüttet wird. Einen Augenblick zögert er noch, so eigen ist ihm auf einmal. Mit Heldentum und derlei Gedanken hat das nichts zu tun, wohl aber mit Sterben und Tod. Der junge Schlaks macht große Augen. Gar zu gern hätte er sich die Orden mit nach Hause genommen. Der Alte merkt das wohl, sieht ihm scharf in die Augen:
„Ne, mein Freund, du, dies gehört den beiden, sie haben sich das als Soldaten verdient! Und sich auch den Tod als Soldat eingehandelt, wie du siehst! Schiskojetno, das ist der Krieg! Sieh zu, daß dir dies nicht auch einmal blüht!"
Dann wendet er sich ab, langt sich sein Nivelliergerät. Der junge Mann schwingt sich die Meßlatten auf den Buckel und auch die Matruschka kommt wieder auf die Beine.

Und wie zuvor und noch in alle Ewigkeit wiegen sich Bäume und Strauchwerk über der kleinen Kuhle seitab der großen Überlandstraße bei Mogilew im Winde, der über die endlose Weite Rußlands dahinstreicht.
Acht Millionen deutsche Soldaten sind in den vier Jahren Krieg gegen die Sowjetunion zum Einsatz gekommen. Mehr als sechs Millionen von ihnen sind gefallen, verwundet oder, so wie Gerhard Fahning, schlichtweg verschollen, . . . „vermißt".

. . . und ihre Stätte kennet man nicht mehr . . .
(Psalm 103 Vers 16)

Von der Kehrseite der Medaillen

Hier und da sieht man sie noch in den Kirchen in unserem Land - die Ehrentafeln für die Kriegsteilnehmer.

1812-1814.
Oder 1870/71.
Und 1914-1918.
Zuweilen auch 1939-1945.
„Zum ewigen Gedenken", steht auf manchen darüber.
„Auf dem Felde der Ehre geblieben", ist auf anderen zu lesen. Das sagt schon mehr aus.
Hier und dort wurden später auch Inschriften übermalt: „Für Führer und Großdeutschland gaben ihr Leben . . . ".

Orden und Ehrenzeichen hängte man früher auf den Ehrentafel neben die Namen der im Kriege Gefallenen. Diese und Beförderungen sind der Lohn des Soldaten.
Und er muß hoffen auf das, was man den Ruhm der Nachwelt nennt. Denn zum Helden wird man oft genug erst nach gewonnenem Krieg erklärt, wenn man Sieger auf den Schlachtfeldern blieb.
Aber kein Denkmal hilft dagegen, daß Ruhm, Kriegsruhm, vergänglich ist. Die Gedenktafeln und Medaillen versprechen mehr, als sie halten können.
Das gilt auch von allem, was Sieger und ihre Bewunderer in Kriegsberichten festhielten, soviel Bücher und Schriften es auch darüber gibt. Die Kehrseite der Medaillen wird darin oft genug unbeachtet gelassen - sind doch Kriege und Siege mit unendlich viel Blut und Opfern erkauft worden.

Um der Wahrheit willen ist es darum angebracht, sich derer zu erinnern, die nicht als Sieger heimkehren durften - jedoch auch jener, die sie in den Tod kommandierten.
Die Ruhmesblätter der Befehlshaber sind auch rot vom Blut von tausend und abertausend Mecklenburgern, die sie auf die Schlachtfelder ganz Europas führten, vom Nordkap bis Afrika, von England bis zur Wolga und über die Weltmeere.
Auch solche Blutopfer sind deutsche Tradition.

Waren es nicht an die 1800 Mecklenburger, die schon 1812 als Bundesgenossen von Kaiser Napoleon I. mit ihm nach Rußland ziehen mußten und bis auf ganz wenige elendiglich umkamen? An sie erinnert allein eine Gedenktafel in der Rostocker Marienkirche.
Ihr Kommandeur, der Oberst von Fallois, ist, als Napoleons Grande Armee vor Moskau unterging, bei Smolensk stiften gegangen, wo Mecklenburgs Regiment die französische Kriegskasse zu bewachen hatte.
Ganz eilig reiste er samt Dienerschaft nach Ostpreußen ab und ließ seine Landeskinder schmählich im Stich. Er wolle höchstpersönlich Winterzeug für seine Soldaten beschaffen, ließ er sagen und wartete dann unweit Königsberg hinter dem warmen Ofen ab, bis der kleine Rest des Regiments mit vierzehn Offizieren, vier Unteroffizieren und sechzehn Mann halb erfroren und in Lumpen gehüllt bei ihm anlangte.
Er nahm ihnen die gerettete Fahne ab und überbrachte die dann stolz seinem Landesherrn im Ludwigsluster Schloß. Das war doch wirklich Orden und Ehrenzeichen für ihn wert!
Und wer wurde wenig danach an die Spitzte des Mecklenburger Kontingents für den Freiheitskrieg gegen den französischen Kaiser gestellt? Natürlich derselbe von Fallois, nun zum General befördert! Er hat erst lange danach in allerhöchsten Gnaden hochdekoriert seinen Abschied genommen.
Die Kehrseite seiner vielen Orden langt nicht, die Namen all jener zu nennen, die er seinerzeit in den Tod führte.

Und waren es am 1. August 1914 nicht beinahe 1000 Soldaten, die als „Mecklenburger 14. Jägerbataillon" ohne Koppel, Helme, Schulterriemen und Patronentaschen im Elsaß an die Front geschickt wurden?
(Erst vier Jahre später, bei Kriegsende, fanden sich die fünf Waggons mit ihrem Lederzeug und den Stahlhelmen acht Kilometer hinter ihrer Garnison Colmar auf einem Abstellgleis!)
Schon vier Wochen nach Beginn des Feldzuges war nur noch jeder Dritte vorhanden, alle anderen waren tot, verwundet oder gefangen, so wie der ganze Stab und fast sämtliche Offiziere.
Etwa 40 mal ist für diesen Truppenteil als Ausgleich für die großen Verluste in den nächsten Jahren Ersatz aus der Heimat gekommen.
Am Kriegsende 1918 waren in diesem einen Bataillon mehr als 10.000 Männer zu Tode gekommen und bei 30.000 verwundet, von den Vermißten in Rumänien, Italien, Frankreich und Belgien ganz zu schweigen. Kaum zu glauben – und doch war es so!
Bei dem einen Weltkrieg 1914-18 blieb es dann ja nicht.

Gewissermaßen sollte Deutschlands verlorener erster Weltkrieg durch Hitlers zweiten wieder wettgemacht werden. Von Anfang an hatte der als Ziel seiner Politik angegeben, die deutschen Kolonien in Übersee zurückzugewinnen und für sein Großdeutschland neuen Lebensraum im Osten zu verschaffen.
So ist denn unter seinem allerhöchsten Kommando auch die „Mecklenburger 12. Infanteriedivision" durch Polen, Frankreich und Rußland von einem Schlachtfeld aufs andere gezogen, reichlich mit Orden und Medaillen bedacht.
Was blieb von ihr, was blieb von den 14.000 aus Schwerin, Wismar, Rostock und Neustrelitz?
Fast nichts!
So sind aus dieser Division allein vom 8. Januar bis zum 19. April 1942 nicht weniger als 5866 Soldaten und Offiziere gestorben, die meisten von ihnen erfroren, also nahezu jeder zweite!

Nach zwei Jahren Rußlandfeldzug wurde der Rest von ihren Regimentern in einigen wenigen Eisenbahnwaggons zur Neuaufstellung in die Heimat zurückgebracht.
Die Männer erhielten den „Demjansk-Schild“ als Auszeichnung, der von ihnen „Gefrierfleischorden” genannt wurde.
Eingeschlossen von den sowjetrussischen Truppen hielten sie über drei Monate, weit vor der deutschen Frontlinie, in Eis und Schnee unter nicht mehr menschenmöglichen Entbehrungen aus. Sie mußten den Winterfeldzug in ihren dünnen Sommeruniformen durchstehen, hatte Hitler einen Winterkrieg in Rußland doch nicht vorgesehen!
Ihr Kommandeur ging nicht mit zugrunde, er wurde seinerzeit Deutschlands berühmtester Kriegsheld: Walter von Seydlitz-Kurtzbach erhielt von Hitler persönlich die höchste Auszeichnung, die dieser damals zu vergeben hatte. Außerdem wurde er befördert und bekam nun das Kommando über ein ganzes Armeekorps.
Bedanken konnte er sich bei seinen Mecklenburgern dafür nicht. Die lagen tot – oft nicht einmal begraben – in den Wäldern und Sümpfen bei Demjansk.

Sein Führer hat von Seydlitz später jedoch in Acht und Bann getan! Als er nämlich mit der 6.Armee in Stalingrad von den Sowjets umzingelt wurde, arbeitete er als erster aller Generäle Rückzugspläne aus.
Sein Oberbefehlshaber Paulus hat die Ausführung aber verhindert und die Durchhaltebefehle Hitlers befolgt und seine Armee bis zum letzten Schuß geopfert. Kurz zuvor wurde er von Hitler belohnt, indem der ihn zum Generalfeldmarschall beförderte.
Von 300.000 Mann kamen nur 6.000 zurück, von 36 Generälen jedoch 35! Nur einer ist auf dem Schlachtfeld gefallen.
Unter diesen 35 Hitlergenerälen, die lieber in Gefangenschaft gingen, war auch von Seydlitz, der dann vom Kriegsgefangenenlager aus die Deutschen über Rundfunk und auf Flugblättern aufrief, sich auch gefangenzugeben oder auf andere Weise den Krieg zu beenden.

Ein ähnliches Schicksal hatte die 18. Panzerdivision, in der viele Mecklenburger aus der Neustrelitzer Garnison dienten. Sie aber wurde nicht wieder aufgestellt, denn sie ist völlig zugrunde gegangen – und dennoch hat sich Hitler über sie abfällig geäußert.
Als der Krieg gegen die Sowjetunion begann, ging sie mit 180 Panzern über die Grenze.
Kein halbes Jahr danach, als diese Division an den Gräbern der Mecklenburger, die seinerzeit bei Smolensk 1812 starben, vorbeikam und vor die russische Hauptstadt gelangte, gab es noch ganze 6 der ehemals 180 Panzer!
In den harten Kämpfen erwiesen sich ihre deutschen Panzer, vielfach tschechischer Produktion, den russischen T 34 und KW nicht nur zahlenmäßig, sondern auch wegen ihrer geringeren Panzerung zumeist als rettungslos unterlegen .
Sarkastisch nannten unsere Landser auch ihre kleinen Panzerabwehrgeschüze mit bitterem Hohn nur PAKs „Panzer–Anklopf–Kanonen". Damit konnte man den Russenpanzern nur von der Seite beikommen – aber wann kam man schon dazu .
Diesen Nachteil an Bewaffnung konnten auch Heldenmut und Tapferkeit nicht wettmachen.
Und so war es auch mit den Mannschaften, die für Hitler siegen sollten: Die Kompanien zählten vor Moskau nur noch zehn, zwölf Männer, die noch ein Gewehr tragen konnten. Bei Kriegsbeginn waren es bis zu 180! Und doch wurde von der Truppe bis zuletzt noch soviel verlangt, als wenn sie noch ihren vollen Bestand hätte. Auf den Landkarten der Generäle wurde nicht bemerkt, daß sich die Division geradezu zu Tode gesiegt hatte!

Und wie stand es mit denen, in deren Namen diese Kriege geführt und durch die die Auszeichnungen verliehen wurden? Der eine oberste Feldherr, Kaiser Wilhelm der Zweite, schrieb aus seinem großen Hauptquartier im Badekurort Spa den Seinen zu Hause:
„Mir bekommt der Krieg wie eine Badekur!"

Der andere, der sich auch gerne „Größter Führer aller Zeiten" nennen ließ, hat seine Soldaten an der Front in drei Jahren Krieg nicht ein einziges Mal besucht und sich nur zu Hause die Bildberichte der Propagandakompanie angeschaut.
Es ist von Zeugen überliefert (vgl. das französische Standardwerk von Masson „Die deutsche Wehrmacht"), daß er, der oberste Befehlshaber, bei Tische auch einmal auf die großen Blutopfer zu sprechen kam, die der Krieg gegen die Russen auch auf deutscher Seite schon gefordert hatte.
Hitler führte dazu aus: *„Große Dinge erfordern in der Weltgeschichte auch immer große Opfer. Für Großdeutschlands Endsieg und Weltgeltung müssen sie von unserem Volk erbracht werden. Doch Deutschlands Jugend wird später Europas Zukunft bestimmen, wenn auch viele Männer jetzt den Soldatentod sterben müssen. Es sind aber die Frauen, die die Kinder bekommen, denen diese Zukunft gehört, und dafür werden so viele Männer doch schließlich nicht gebraucht . . .".*
Kaum zu glauben - welch ein Zynismus! Ist's nicht so?

Als „streng geheim" bereitete seit dem 13. Oktober 1965 die Nationale Volksarmee der DDR die Verleihung von Tapferkeitsauszeichnungen im dritten Weltkrieg vor:
Den „Blücherorden für Tapferkeit" und die „Blüchermedaille für Tapferkeit" in Gold oder in Silber sollten einzelne Soldaten und Offiziere oder ganze Truppenteile für herausragenden Mut und Kühnheit im Kampf gegen die Westdeutschen und ihre Alliierten erhalten.
Glücklicherweise konnte kein Regiment und kein ostdeutscher General für die siegreiche Eroberung von Hamburg oder Hannover ausgezeichnet werden. Nach der „Wende" 1989/90 fand man die Orden und Medaillen kistenweise in den Volksarmee-Kommandostäben bei Ostberlin.
Es ist kaum zu glauben – aber leider wahr:
Bis in diese kleinsten Einzelheiten war der 3. Weltkrieg vorbereitet!

Blücherorden, DDR-Auszeichnung, vorbereitet für den Krieg und Sieg

Silvester vor Stalingrad

Nachbar F. ist auf Urlaub gekommen. Endlich! Fast dreieinhalb Jahre dauert der Krieg ja schon. Noch vor Kriegsbeginn war er zur Wehrmacht eingezogen und mit dem Rostocker Feldlazarett von der Lindenschule hinter dem alten Stadttheater an die künftige Front abgegangen.
Und nun liegt er mit seiner Sanitätskompanie vor dem eingeschlossenen Stalingrad in einem halb abgebrannten Dorf. Hierhin wurde er strafversetzt - nach einer Umschulung in der Heimat, angezeigt von einer Pfarrersfrau. Er hatte seinen Mund nicht halten können, was den verdammten Krieg anbelangt.
Zehn Tage und Nächte lang hatte er sich unlängst zu Fuß aus der Stalingrader Umzingelung durch die Steppe durchgeschlagen zur neuen deutschen Frontlinie. Seine Division gab es nun nicht mehr.
Er konnte jetzt wohl auf ein paar Tage der Ruhe rechnen, denn die Russen hatten in Eis und Schnee dieses harten Winters auch keinen Schneid mehr, noch weiter anzugreifen. Alles sah danach aus, daß der Krieg für die Deutschen sowieso verloren gehen würde.
Auf beiden Seiten ging es nur noch darum, bis zum Ende heil durchzustehen. Wozu und wofür nun noch in den Tod gehen, fragten sich die Landser.
„Ja, wofür? Das wurde mir über Silvester klar", sagt Nachbar F. und sieht die Runde nachdenklich an, die sich an seinem ersten Urlaubstag eingefunden hatte, neugierig, wie es da draußen bei ihren Soldaten in Rußland zugeht.
„Ich will es euch mal erzählen, wie und warum man mich tagelang bei eisigem Wind durch die verschneite Steppe an die Front bei Stalingrad gejagt hat", beginnt er:

Am 28. Dezember, dem Tag nach Weihnachten, mußte ich zu meinem Kompaniechef kommen. Vorne auf dem Hauptverbandsplatz waren Verwundete gestorben und von zweien waren die Päckchen mit ihrem Nachlaß nicht in der Heimat angekommen. Vielleicht war der Transportzug mitsamt den Waggons von Partisanen in die Luft gesprengt worden, vielleicht lagen sie auch noch irgendwo. Man wußte das nicht. Im fernen Stettin beim Wehrkreiskommando war aber Nachforschung befohlen worden.
Die in ihrer warmen Schreibstube weit vom Schuß hatten gut zu befehlen! Hier vorne an der Front im tiefsten Rußland lag meterhoch der Schnee. Wenn wir nur zehn Grad Minustemperaturen hatten, waren wir froh. Und was man dort draußen Straßen nannte, waren auch im Sommer nur lausige Landwege.
So wurde also nichts aus dem erhofften Ausruhen zwischen Weihnachten und Neujahr. Seht, so sieht eben der Kriegsalltag aus: Befehl ist Befehl, auch wenn es nicht viel Sinn macht, ihn auszuführen.

Am 29. Dezember ergatterte ich ein Auto, um an die Front zu gelangen. Glatteis und Eisbrocken waren auf der Fahrbahn. Von anderen Fahrzeugen aufgewirbelte Eisklumpen flogen uns um die Ohren. Sechsmal lagen wir darauf fest, denn der Opel-Pkw war doch für richtige deutsche Straßen gebaut und nicht für diese Walachei. Zweimal mußten wir ihn mit vereinten Kräften anheben und beiseite tragen. Nach 40 Kilometern brach eine Vorderfeder. Die Heizung funktionierte auch nicht mehr. Nun mußten wir zwecks Reparatur noch einen Umweg fahren, so bei 25 Kilometer. Dafür benötigten wir fünf Stunden und wir waren total durchgefroren. Kurz vor der Werkstatt brach auch die andere Feder vorne am Fahrzeug.
Nun ging das Verhandeln mit dem diensthabenden Offizier los, gerade wie auf dem Viehmarkt in Gnoien. Am Ende der Debatte, denn der Mann hielt meinen Auftrag für genauso unsinnig wie ich, wurde uns dann doch ein anderes Auto zur Verfügung gestellt, sogar mit einem eigenen Fahrer. Er sollte es zum Stab des Armeekorps überführen. Damit war we-

nigstens die Fahrt Richtung Front gesichert. Mittlerweile war es nachmittags halb drei Uhr geworden. Wieder ging es ostwärts, diesmal auf einer von Bomben zerrissenen Rollbahn durch ein Sumpfgebiet, über eine Pionierbrücke und dann zum Stabsquartier. Hier war für den Pkw-Fahrer Endstation. Wie aber sollten wir nun weiterkommen?
Wir hatten Glück! Als wir an der Rollbahn standen und beratschlagten, was zu tun sei, kam ein Sanitätsauto von einer anderen Division vorbei, die auch in Stalingrad eingeschlossen war. Dieses Auto sollte darum vorne in unserem Frontabschnitt auf dem Hauptverbandsplatz eingesetzt werden und nahm uns mit.
Inzwischen war es dunkel geworden und der Fahrer konnte beinahe nichts mehr sehen. Die Scheinwerfer anzumachen, war nämlich verboten. Wir waren schon zu nahe an den russischen Linien. Ab und an stellte er sie dennoch an, sonst wären wir ganz und gar verbiestert, lag doch alles voller Schnee, die reinste Wüstenei.
Die Uhr war nicht weit von Mitternacht, als wir endlich vorne bei der Sanitätskolonne angekommen waren, wo wir mit unseren Nachforschungen nach den beiden Päckchen beginnen sollten.

Am kommenden Tage erledigten wir unseren Auftrag, allerdings vergeblich, denn die Päckchen waren hier ordnungsgemäß abgesandt. Danach wurde die Küche inspiziert und auch das Abrechnungsbuch des Adjutanten, so daß die ganze Mühe sich wenigstens etwas lohnte, sonst hätte ich mich gar zu sehr geärgert, wieso und warum ich hier draußen in Eis und Schnee solche Strapazen durchstehen sollte. Glücklicherweise blieb es an unserem Frontabschnitt an diesem Tage einigermaßen ruhig. Nur Flieger waren ab und an über uns in der Luft, aber es kam zu keinem Angriff.

Am nächsten Tag, Silvester, ging es früh um sechs Uhr zu Fuß durch hohen über Nacht gefallenen Schnee zum Feldlazarett. Von dort könnte Gelegenheit sein, so war unsere Hoffnung, mit einem Sanitätsauto zu unserer Kompanie zurückzufahren, die ja noch

weiter im Hinterland in Reserve lag. Dort wollten wir doch den Altjahrsabend mit unseren Kameraden feiern, wie ich es vorbereitet hatte. Aber ein Rücktransport mit Verwundeten war nicht vorgesehen.
Wieder mußte man sich etwas einfallen lassen - wir also hinüber zum Verpflegungsamt, zur Bäckerkompanie, die vielleicht Brot ausfährt, dann zur Feldpoststelle. Alles vergebens! Ausgerechnet heute tat sich da nichts! Zwei Stunden kämpften wir uns von Schneewehe zu Schneewehe im eisigen Wind dorthin durch. Und alles war doch umsonst!

Ein Melder kam hinter uns angestürmt. Wir sollten zurückkommen zum Feldlazarett. Ein Wagen von unserer Kompanie würde kommen und uns dort abholen, wurde Nachricht gegeben. Allerdings wann, das hatte niemand gesagt!
So hieß es also warten, eingeklemmt in einer fremden Schreibstube.
Eine Stunde verging, noch eine. –
Nichts tat sich! –
Wir warteten und warteten.
Schließlich kam ein Unteroffizier hinzu mit einer dringenden Meldung für den Troß. Er wollte uns mitnehmen, wenn auch die Richtung nur so ungefähr stimmte.
An einer Straßenecke, die eigentlich keine war, denn wir waren hier ja mitten in der zugeschneiten Prärie, stand ein Wegweiser. Dort wurden wir abgesetzt, denn der Troß lag ja abseits unserer Fahrtroute.
Und wieder hatten wir Glück! Ein kleiner Lkw hielt an und nahm uns ein Stück weit mit.
Wieder ging es über die Pontonbrücke, wieder glitschten wir durch den Sumpf, daß wir die Luft anhielten, fürchteten wir doch, daß das Fahrzeug in jedem Augenblick zur Seite rutschen und umkippen könnte.
Der Laster stukerte mächtig, und auf der Ladefläche zog es gemein. Wie ein Haufen nasser Lumpen hockten wir hinten beinahe aufeinander.
Plötzlich hielten wir.
Verkehrskontrolle! Wir waren ja noch im Frontgebiet. Mein Begleiter und ich mußten aussteigen. Dieser Lkw war ja in eine andere Richtung

bestimmt. Die Feldpolizisten, die Kettenhunde, ließen es nicht zu, daß er mit uns einen Umweg machte.
Wir gehorchten und dachten, hier, an der Kontrollstelle, müssen ja wohl noch andere Wagen stoppen, die dann westwärts weiterfahren und uns mitnehmen könnten!
So krochen wir vorerst bei der Feldwache unter, da konnte man sich wenigstens Hände und Füße aufwärmen.
Doch nun fing es bereits zu schummern an. Zum letzten Mal in diesem schlimmen Jahr.

Ein Auto nach dem andern rollte an. Doch keines fuhr in Richtung unserer Reservekompanie. *„Richtung Heimat wäre noch besser"*, meinte mein Begleiter - auch ein Rostocker.
„Ach, wär das schön!"
Aber ihr seid ja so unendlich weit von uns weg! Keiner von euch kann sich vorstellen, was wir in Rußland durchmachen müssen und dann beinahe für nichts und wieder nichts!
Gegen sechs Uhr kam endlich ein Laster, der einigermaßen in Richtung unseres Zieles fuhr. Seit einigen Stunden frohr es aber gewaltig und die Fahrbahn war spiegelglatt. Dabei ohne Scheinwerferlicht über die Rollbahn zu karriolen, das war schon eine beachtliche Leistung für den, der vorn am Steuer saß. Irgendwo in der Schneewüste bog das Auto von unserm Weg ab. Wir mußten aussteigen.
Da standen wir zwei Helden nun unter dem hohen Nachthimmel in der Stalingrader Steppe an diesem Altjahrsabend 1942 mutterseelenallein in der Kälte! Ringsum Schnee, nichts als Schnee! Ich sah auf die Uhr, die ging auf acht zu. Der Magen meldete sich. Doch nichts, das auf eine menschliche Behausung hindeutete, war zu sehen. Und natürlich - kein Mensch. Man merkte nicht einmal, daß Krieg war, die Frontlinie konnten wir nur ahnen.
Hinter uns, dort, wo wir hergekommen sind, ließ sich nun doch ein kleines Licht sehen, das sich bewegte. Tatsächlich, ein kleiner Opel-Olympia kam dort angewackelt, unsere Rettung!

Denkste! Vorne, neben dem Fahrer saß allein ein hoher Offizier. Mich, den Offizier, wollte er auch mitnehmen, aber meinen Begleiter, einen Unteroffizier, nicht. Und das, obwohl auf dem Rücksitz alles frei war und nur etwas Gepäck auf der rückwärtigen Bank lag. So etwas gibt es vor Stalingrad also auch!

Nein, meinen Kameraden wollte ich in dieser Wildnis nicht allein zurücklassen. Stehenbleiben konnten wir aber nicht, wir wollten hier doch nicht erfrieren! Die Kälte und der scharfe Wind nahmen indessen immer mehr zu. Also los - zu Fuß!

Wir folgten ein paar Autospuren im Schnee. Das Glatteis machte uns jedoch bei jedem Schritt zu schaffen, man mußte schon neben der vereisten Fahrspur durch den hartgefrorenen Schnee waten und das strengt gewaltig an. Oft konnten wir uns nicht halten und schlugen hin, besonders wenn es bergauf oder bergab ging, wenn's in Wirklichkeit auch nur flache Geländewellen waren.

Nach einer Stunde hatten wir erst zwei Kilometer geschafft und das war schon eine gute Leistung, die wir gewiß nicht lange durchhalten konnten. 15 Kilometer aber sollte das nächste Dorf entfernt sein. Noch bis ins neue Jahr würden wir an diesem Silvesterabend hier draußen über die Rollbahn stolpern!

Jedoch, wir wurden davor bewahrt! Uns fiel ein Stein vom Herzen, als uns ein klappriger Laster wenigstens bis an den nächsten Dorfrand mitnahm, wenn das auch nur im Schrittempo möglich war. Weiter aber ging es dann nicht mehr.

Das Dorf war zwei Kilometer lang und die Straße spiegelglatt. Wir brauchten dazu eine volle Stunde, ans andere Ende zu kommen! Dann aber waren unsere Kräfte erschöpft. Wir gaben es auf, noch heute unsere Kompanie zu erreichen.

Aus einer Hütte hörten wir Musik von einem Schifferklavier. Deutsche Soldaten feierten hier Silvester. Aber die Stimmung war zum Heulen, als ob sie meinten, daß dies ihr letzter Silvesterabend sei, nicht ein Funken Frohsinn wollte aufkommen. Sie hatten zuviel erlebt im letzten Jahr.

Allerdings, nach zehn Minuten waren wir beide, die nun als späte Gäste hereingeschneit kamen, keine Fremden mehr, hatte ich doch noch Zigaretten und Berliner Pfannkuchen von der Küche auf dem Hauptverbandsplatz bei mir.
Schließlich bekam ich sogar das einzige Holzbett in der Hütte mit einem Strohsack darin. Doch ich nahm den Luxus beinahe nicht mehr wahr, so kaputt war ich. Im Einschlafen wurde ich aber noch halbwegs gewahr, daß sie sich nebenan auf das neue Jahr 1943 zuprosteten.
Um halb sechs Uhr am Neujahrsmorgen schlief ich noch wie ein Toter, als man mich weckte. Um sechs war Abmarsch mitsamt meinem treuen Unteroffizier und eine Stunde später hatten wir schon vier Kilometer Fußmarsch ins Nachbardorf geschafft.
Hier wurde uns von einer Nachschubkolonne ein Fuhrwerk gestellt. Zwei Stunden später kam uns dann tatsächlich auch der Lkw von unserer Sanitätskompanie entgegen, der uns zwei Tage zuvor zugesagt war!
Wir stoppten ihn, schickten den Panjewagen zurück und langten endlich und glücklich nach vier Tagen voller Mühsal bei unserem Haufen wieder an. -

Nachbar F. ist mit seiner Erzählung zu Ende. Niemand hatte gewagt, ihn mit Fragen zu unterbrechen. Nun schweigt er und mustert die kleine Runde. Betreten sieht jeder vor sich hin.
So also ist das mit dem Kriegsalltag dort draußen! Und dafür wird er auf Leben und Tod bis nach Stalingrad kommandiert!
Nein, über diesen Hitlerkrieg im fernen Rußland muß er nun nicht noch mehr Worte verlieren. Dieses Thema ist dann auch in seinen restlichen Urlaubstagen tabu.

Nach seiner Rückkehr an die Stalingrader Front wird F. einem neu zusammengestellten Truppenteil zugeteilt.
Es dauerte nicht lange und auch von dieser Division, über 10.000 Mann, kommt kein Lebenszeichen mehr, ...

. . . die Weiten Rußlands haben sie alle verschlungen . . .

Acht Werst achter Achtimowka

Die alte Babuschka schreckte zusammen! Zwei deutsche Soldaten standen plötzlich vor ihr! Der Hund hatte nicht angeschlagen, wie konnte das nur möglich sein! Die beiden hatten kein Schießeisen, das sah sie gleich.
Auf Russisch sprachen sie sie an. Das war ihr noch nicht passiert, seit die Fritzen auch in ihr kleines Dorf hier im innersten Rußland gekommen waren.
Ob sie hier richtig wären, acht Werst achter Achtimowka, wollten die Deutschen von ihr wissen.
Und ob sie es waren, ja! Die Alte nickte.
Hier hatte allerdings schon lange niemand mehr den Weg nach Werst erfragt. So weit hinter dem Mond war man denn doch nicht. Ist aber schließlich auch egal. Also ja, dies ist das Dorf, das sie suchten, in der Schule ist die Kommandantura.
Dann waren die beiden also von den deutschen Bausoldaten, die unlängst anmarschiert kamen - ein harmloser Haufen. Ihr fiel ein Stein vom Herzen.
Man hatte sich schon etwas berochen. Die Bausoldaten waren friedlich und gingen nur alle Tage mit Schaufel und Spaten an ihre Arbeit. Sie hatte sogar mit eignen Augen gesehen, daß verschiedene von ihrem Starschi, der ihr Feldwebel war, ganz schön kujoniert wurden, wenn es nicht fix genug ging.
Nein, es sah ganz und gar nicht so aus, als wenn sich diese Männer gerne hier westwärts von Kaluga für Hitler eingefunden hätten. Bei ihrer Schinderei konnten sie auch gewiß keinen Spaß am Krieg haben. Mit vielen Worten sagte sie den beiden Deutschen Bescheid, wie sie auf dem kürzesten Weg zu ihrem Ziel kommen würden.

Jupp Kracht und Ernst Dietrich hatte es also im Rußlandfeldzug bis hierher vor Moskau verschlagen. Wie es zum Krieg kommen konnte, das wußten die beiden genau, allerdings!
Hinter den hohen Mauern des Bützower Gefängnisses hatten sie sich kennengelernt und zwei Jahre Zeit gehabt, darüber nachzudenken, ob sie wohl etwas falsch gemacht hatten.
Da saßen sie nämlich ein, weil sie anläßlich von Reichstagswahlen vor 1933 in Wismar und Güstrow und auf dem Lande agitiert hatten, daß es Krieg geben würde, wenn man Hitler wählt. So, wie es auch ihr Parteichef Teddi Thälmann vorausgesagt hatte.
Nein, auf ihr Schuldkonto ging es nicht, daß auch alles so kam. Sie hatten sich aber nicht durchsetzen können. Gar zu viele Deutsche berauschten sich an der zackigen Marschmusik der braunen Marschierer und an den Versprechungen, daß es jedermann in Deutschland besser gehen sollte, wenn man sich „dem Führer" Adolf Hitler anvertraut.
Ja, und nun hatte man dessen Krieg. Und dafür waren schließlich sogar die ehemaligen Bützower Knastologen nicht zu schade, ihren Kopf hinzuhalten, auch wenn man sie nur in eine Baukompanie steckte, wo sie scharf angefaßt werden sollten.

So waren Jupp und Ernst heilfroh, daß sie doch wenigstens zusammen unter die ungeliebten Hakenkreuzfahnen kamen, die nun bald über Moskau flattern sollten. Das hatte sich Hitler hier an der Ostfront in diesem dritten Kriegsjahr vorgenommen. Er meinte ja, daß er den Endsieg schon fast in der Tasche hätte.
Ihre Baukompanie hatte die Rollbahn auszubessern, die von den russischen Tieffliegern immer wieder mit Bomben kaputt geschmissen wurde. Ab und an ging auch eine Mine in die Luft und riß Laster oder Geschütze mit sich. Oft genug waren auch Brücken wieder zusammenzuflicken, die von Partisanen gesprengt worden waren. Die waren ziemlich rührig und so hatten die Bausoldaten alle Tage mächtig zu tun.
Darüber war es Herbst geworden, als Iwan Iwanowitsch sich an der Wolga unten bei Stalingrad festgebissen hatte.

Hier aber, vor Moskau, war der Krieg schon seit längerer Zeit zum Stehen gekommen. Nur ab und an wurde ein Schuß abgefeuert und ansonsten waren nur die Flieger zu fürchten. Für die Deutschen bei Stalingrad wurde es jetzt mulmig und Hitler warf nun seine Reserven dorthin. So wurde eines Tages auch die Baukompanie nach Süden verlegt.

Kurz vor der Verlegung nach Stalingrad ruft man Jupp und Ernst in die Schreibstube. *„Sie können ja wohl Russisch"*, sagt der alte Rittmeister zu ihnen, der vertretungsweise das Kommando übernommen hatte. Das hat sich also herumgesprochen in der kurzen Zeit, in der sie in der Kompanie waren.
Glücklicherweise ahnt niemand, wieviel und auf welche Weise sie dazu gekommen waren. Der dritte Mann in ihrer Bützower Gefängniszelle hatte es ihnen aus Langeweile beigebracht, war er doch im ersten Weltkrieg in Galizien in russische Gefangenschaft geraten. Allzuviel hatten sie in den beiden Jahren denn aber doch nicht mitbekommen. Ernst will deshalb schon entgegnen, daß er nicht der rechte Mann zum Dolmetschen wäre.
Doch der Rittmeister gibt schon den barschen Befehl:
„Sie bleiben hier, wenn die Kompanie nun an den neuen Frontabschnitt verlegt wird. Ein Russenkommando, lauter Frauen, soll für die deutschen Bausoldaten einspringen und dazu sollen sie beide mithelfen, daß dies auch klar geht."
Als Jupp merkt, wie Ernst zögert, zwinkert er ihm zu. Als er immer noch nicht kapiert, erhält er einen Schubs mit dem Fuß.
So schweigt Ernst denn, sieht den Rittmeister bißchen dwadsch an, schlägt die Hacken zusammen und brummt: *„Zu Befehl!"*.
Und ab geht's, Jupp nach. Der fällt draußen aufgebracht über ihn her:
„Du hättest ja beinahe schön was angestellt, du Düskopp! Willst du denn nach Stalingrad? Hier kann es doch morgen schon ganz anders kommen, die Ruhe an unserer Front ist doch verdächtig! Wenn hier der Iwan kommt, dann ist der Krieg für uns doch vorbei, wenigstens das Schlimmste! - Und mit den Frauen werden wir bis dahin schon klarkommen.

Was den Spieß anbelangt, werden wir den Frauen schon noch sagen können, was er von denen will. Essen, Trinken, Schlafen, Arbeiten ansagen, dazu wird dein Russisch doch wohl noch langen!"

Wohl ist den beiden am anderen Tage aber doch nicht, als ein SS-Kommando 200 Frauen abliefert und der Feldwebel sie vor sich aufmarschieren läßt. Die stehen jedoch beim Appell stramm wie eine Mauer und richten sich willig in ihrer Sowchosbaracke ein, so gut es geht. Sie hören auch willig auf Jupp und Ernst, als sie merken, daß die beiden sie nicht beschimpfen und antreiben. Ob bei der Arbeit, ob beim Essenausteilen - alles geht ganz gut vonstatten, solange der Feldwebel nicht dabei ist und sie anschnauzt.
Doch der sitzt ja am liebsten in seiner Schreibstube, fummelt am Radio herum und verläßt sich auf seine beiden Dolmetscher. Was kümmern ihn die Russen, er versteht sie ja doch nicht! Hauptsache ist doch, sie machen ihre Arbeit gut!
Nicht ganz ungefährlich ist, daß Ernst Dietrich manchmal der Hafer sticht. Hält er den Russinnen gegenüber doch auch nicht hinter dem Berg, was er über diesen Hitlerschen Krieg denkt.
Wenn er von den Frauen etwas verlangen muß, faßt er sich unter die Nase, wo der Führer seinen kleinen Bart hat, ruft dann: *„Chittlerrr chotschet rabotatch!"* („Hitler will arbeiten")
Und das verstehen sie sehr wohl, daß man das auch so auslegen kann, als wenn der gar selbst mal auf Arbeit gehen wird. Allein schon der Gedanke daran bereitet ihnen Vergnügen. Sie grienen und tun dann, was ihnen aufgetragen wird und der Feldwebel zieht befriedigt von dannen. Hinter seinem Rücken aber heißt es:
Laßt euch nur Zeit! Der Krieg geht ja sowieso bald zu Ende, wenn die Russen und die Amis dem Hitler jetzt mit vereinten Kräften auf den Pelz rücken!
Russen und Amerikaner lassen sich in diesem Herbst aber noch viel Zeit damit und werfen hier ihre Bomben, damit die Frauen auch immer zu tun haben und der Feldwebel mit ihnen zufrieden sein kann.

Allerdings, wieso die Frauen immer bei der Befehlsausgabe zu grienen anfangen, wenn Jupp ihnen verdolmetscht, was Hitler von ihnen will, und sich manche dann unter ihre Nase fassen, darauf kommt der Feldwebel nicht.

Für die „Dolmetscher" Ernst und Jupp wird es erst brenzlig, als überraschend ein Kradmelder Besuch ansagt. Ein SS-Oberst, ein hohes Tier, will eine Rede vor der Bautruppe halten und sie für den deutschen Endsieg begeistern, der nun bald bevorstehen würde. Diesmal bekommt auch Jupp Herzklopfen, als der Spieß ihnen dies mitteilt. Was nun?
Kommt es jetzt heraus, wie wenig und auf welche Weise sie die russische Sprache beherrschten? Das kann böse ausgehen für sie!
Ernst hat auch Fracksausen. *„So schlimm wird es wohl nicht werden für uns"*, meint er dann aber zu Jupp, *„denn wenn der Oberst selbst russisch sprechen könnte, bräuchte er ja keinen Dolmetscher. Wir aber sollen uns bereithalten. Also kann er das nicht. Und dann können wir den Frauen ja allerhand erzählen. Die Hauptsache ist doch, daß die Frauen immer an der richtigen Stelle Beifall klatschen als Zeichen dafür, daß sie den SS-Mann richtig verstanden haben. Dafür mußt du sorgen, Jupp!"*
Der war für eine Weile still und bedachte die Sache gründlich. Dann hatte er den richtigen Einfall. Er schwieg aber darüber, mußte gar selbst grinsen, als er zur Baracke der Frauen hinübergeht.
Schon nach wenigen Minuten ist er wieder zurück. Wie sich erweist, macht sich sein Einfall auch bezahlt:
Der SS-Offizier steigt aus seinem Kübelwagen, stellt sich vor versammelter Front in Positur, den Feldwebel und die Dolmetscher drei Schritt vor sich, diese beiden mit dem Gesicht zur angetretenen Truppe. Alles läuft ab, wie Jupp es mit den Frauen besprochen hat.
Ernst übersetzt die Rede, so gut es geht. Immer wenn das Wort *„Hitler"* fällt, schauen die Frauen vergnügt drein. Manche fassen sich dabei unter die Nase, so daß der Oberst denken könnte, sie müssen sich schon den Mund zuhalten, um nicht vor Begeisterung *„Heil! Heil!"* zu rufen.

Dann, an besonderen Jubelstellen reißt Jupp, auf den ja nur die Frauen schauen, sein Maul so weit auf, daß die Zunge heraushängt. Die ganze Front quittiert das mit lautem Beifall, den der Mann von der SS natürlich auch sich zuschreibt.
Sehr zufrieden zieht der hohe Besuch schließlich ab. Der Feldwebel bewilligt dem Arbeitskommando als Anerkennung gar eine Extraration und die Dolmetscher werden auch belobigt. Heimaturlaub wäre ihnen viel lieber gewesen. Die Gefahr ist dann allerdings groß, bei irgendeiner Heldenklau-Aktion aus dem Urlauberzug geholt zu werden, wenn es an der Front gar zu schlimm herging. Nein, da ist es in diesem verhältnismäßig ruhigen Abschnitt bei den Russenweibern doch noch sicherer.
Allerdings schon fünf Tage danach, früh am Morgen, gibt es Alarm und alles kommt doch noch anders als gedacht. Nach einem russischen Überraschungsangriff zerreißt die deutsche Frontlinie wie ein überspannter Faden. Die Frauen sind im Nu in alle Winde davon und auch der Feldwebel verschwindet samt seinem Motorrad.
Jupp und Ernst verdrücken sich acht Werst achter Achtimowka ebenfalls seitwärts in die Büsche und warten dort ab und hoffen, daß der Krieg so ein Ende nehmen würde, daß sie nicht zu Schaden kämen.

Die Panzer mit dem roten Stern und die mit dem weißen mußten aber noch einen größeren Anlauf nehmen. Unsere beiden Helden maschierten mehr als 800 Kilometer mit ihrer Baukompanie nach Westen zurück. Dabei wurde ihnen von der SS auch gar noch ein Wachkommando beigegeben, damit keiner vorzeitig abhanden kam. Dann wurden sie schließlich von der Front überrollt, kamen in Gefangenschaft und lernten dort noch soviel Russisch hinzu, daß sie nach dem Krieg als Russischlehrer angestellt werden konnten.

Ernst Dietrich hat man sogar eine Zeitlang zum Schulrat gemacht, damit er im ganzen Kreis bei der Jugend dafür sorgen sollte, daß es keinen deutschen Jungen jemals wieder in Feldgrau bis acht Werst hinter Achtimowka verschlägt.

Teterower Hechtbrunnen

Von Karlchen, Hullalla und den Teterowschen

Welche Stadt hat nicht ihre Originale! Schade wär's auch, wenn es nicht so wäre. Teterow langte gleich zweimal zu. So muß man Karlchen und Hullalla, denn auch in einem Atemzug nennen - hatten sie doch beide ein gutes Herz.
Gemeinsam standen sie wartend auf dem Bahnsteig des Teterower Bahnhofs, als viele Rostocker nach den schweren Bombenangriffen im April 1942 mit einem Sonderzug dorthin evakuiert wurden.
Ihr gutes Herz sah man daran, daß sie sich eingefunden hatten und sich sogleich die schwersten Koffer und Rucksäcke griffen, um zu zeigen, daß es ihnen leid tat mit den Bombenfliegern und den abgebrannten Frauen und Kindern und deren paar Kledaschen, die ihnen noch geblieben waren.
Aber beide hatten auch - zumindest dem Anschein nach - einen Stich in der Birne.

Das mit ihrem Stich fiel in Teterow aber nicht sofort ins Auge. Man muß es den Einwohnern nämlich hoch anrechnen, daß es so aussah, als wenn sie allesamt so eine Art Patenonkel und Patentante der beiden waren und schützend die Hand über sie hielten. Wieso, wird man am Ende dieser Erzählung wohl ahnen. So gehörten Karlchen und Hullala zur Stadt - wie die schwarzgoldene Uhr oben im Kirchturm und das Spritzenhaus an Kirrbachs Mühlenteich.
Ja, man kann wohl sagen, so wie eine Mutter ihr Sorgenkind mit doppelter Liebe wahrt, kümmerte sich ganz Teterow, damit es seinen Originalen an nichts fehlte. Allerdings, so ganz kann man nicht verschweigen, daß auch ein klein wenig Eigennutz dabei war, denn man hatte sowohl an Hullalla, wie schon sein Name deutlich macht, als auch an Karlchen

seinen Spaß. Das ist es ja, was solcherart liebe Mitmenschen auf ihre Weise zum Alltag beisteuern.
Zuallererst ging es aber den Bergringstädtern nicht um das Vergnügen. Vielleicht war es so, daß man hier zwischen Heidberg und Burgwallinsel von jeher mehr Verständnis füreinander aufbrachte und das Herz sprechen ließ? Andernorts hat man so manchem Teterower hämisch vorgehalten, daß ihre Vorväter ja wohl aus Schilda zugewandert sind, was könne man da noch von ihnen erwarten . . . .
Aber, man hielt hier immer gut zusammen und auch die Sorgenkinder der Stadt wurden davon nicht ausgeschlossen.
Karlchen und Hullalla war dies wohl zu Ohren gekommen, daß sie partout in Teterow ihr Unterkommen suchten und auch fanden.

Karlchen war ein stämmiger junger Mann aus Stettin, vielleicht so bei 25 Jahre alt. Er hielt sich wie ein Aristokrat, allzeit geschniegelt und gebügelt und ein bißchen von oben herab.
Doch viel mehr waren andere Qualifikationen gefragt. Wer sollte nun, da so viele Männer in den Krieg ziehen mußten, die Straßen fegen und die Gärten umgraben? In der Malchiner Straße liefen sie Karlchen die Tür ein. Hullalla war ebenfalls zumeist ausgebucht.
Beiden gemeinsam war auch, daß sie sich zu allem viel Zeit ließen.
Erst so gegen neun Uhr am Vormittag kam Karlchen zum Vorschein, dann aber auch in Schlips und Kragen - zuweilen auch mit weißen Handschuhen. Nur ein Monokel hat er wohl nicht auftreiben können, sonst hätte man ihn für Graf Poldi, jene Witzfigur aus dem „Kladderadatsch" halten können.
In diesem Aufzug praktizierte er pinnenschieterig und penibel mit seiner Schippe die Pferdeäpfel von der Straße in seinen Eimer. Das war so ergötzlich anzusehen, wie Theo Lingen in seinen Dienerrollen im Kino. Hier konnte man sein Eintrittsgeld sparen und man hatte sein Vergnügen kostenlos alle Tage.
Karlchen nahm nur 20 Pfennige als Stundenlohn, ganz gleich welche Arbeit er sich übernommen hatte!

Mehr war sein Tun auch nicht wert, denn nebenbei, für Karlchen aber natürlich in der Hauptsache, schwang er mit großartiger Gestik allerlei Reden.

Er erklärte dann den Schuljungen beim Straßenfegen die Atomzertrümmerung. Dabei schob er seine Pferdeäpfel hierhin und dorthin, gegeneinander und durcheinander - das waren dann die Protonen und die Neutronen. Er tat wie Professor Hahn und Einstein in eins.

Auch Bruno Bürgel mit seinem langen Himmelsfernrohr in Berlin, so erklärte er wichtig, hätte seine Freude an ihm gehabt. Er, Karlchen, könne dem doch Aufklärung über alle Rätsel im Weltall geben, hinter die der berühmte Astronom noch nicht gekommen war.

Die Straßenjungs sperrten dazu Nasen und Ohren auf und kamen da nicht ganz mit. Karlchen sah dann mitleidig auf sie herab und setzte dann an, um über sein Lieblingsthema zu sprechen.

Er wollte eine Steueranlage für die Erdkugel erfinden, damit sie nicht bei ihrem Flug durch die Milchstraße gegen einen Stern prallt. In diesem Sternengewimmel würde das sonst ganz gewiß dazu kommen - und das schon bald. Er hätte das schon ausgerechnet, war damit aber noch nicht zu Ende gekommen.

Dies war auch der Grund dafür, daß er immer nachmittags um halb vier Uhr eilig von seiner Arbeit aufbrach. Er mußte doch zu Hause beizeiten die Zeichnungen für seine Steuerung machen, damit er die Erdkugel in das große schwarze Loch neben dem Andromedanebel – an der Milchstraße vorbei – manövrieren konnte!

Wenn Karlchen dann heimwärts trollte, traf er ab und an noch auf Hullalla, der auf dem Marktplatz beim Hechtbrunnen von sich reden machte.

Auch in der Berufung zum Redenschwingen glichen sich die beiden offenbar. Hullalla, hager wie ein Asket, sah sich zu Teterows Propheten berufen.

Lang und dürr, schon ein bißchen klapprig, war Hullala wohl noch zehn Jahre älter als Karlchen. Ganz oben auf diesem schlacksigen Gestell ging an seinem überlangen Hals ein knupsriger Adamsapfel aufgeregt

auf und ab, und über allem schlackerte ein kleiner dreikantiger Kopf mit großen, abstehenden Ohren und Stoppelhaar.
So hätte er bereits ausgesehen, als er zur Welt kam, ging die Rede. Die Hebamme hätte ihn schon in einem Schuhkarton unters Bett geschoben, wo man ihn vergaß. Als er sich nach gewisser Zeit aber doch von dort unten meldete, soll man ihn rasch in die warme Ofenröhre geschoben haben. Allerdings, so ganz gar gebacken ist er dann nicht mehr. Solch ein Gerücht war jedoch in der Stadt hauptsächlich im Umlauf, um jedermanns Mitleid zu erregen, weil ihm doch von Anbeginn Unrecht getan wurde, dem Hullalla.

Hatte Karlchen die Wissenschaft für sich gepachtet, so kam sich Hullalla dagegen wie ein Prediger vor. Ein wenig wurde er stillschweigend auch als solcher respektiert, konnte er sich doch erlauben, laut und öffentlich zu sagen, was man selbst im Stillen über jene bösen Kriegszeiten dachte.
Die ganze Stadt hielt auch Stillschweigen über seine Reden gegen Politik und Krieg, sonst wäre Hullalla gewiß klammheimlich in ein KZ gebracht worden, wo er womöglich umgekommen wäre.
Im Gegenteil! Er hatte immer etliche Zuhörer, wenn nachmittags der Schlag der Kirchenuhr viermal über den Marktplatz hallte.
Dann stieg Hullala in schwarzem Anzug und mit einem schwarz gebundenen Bibelbuch in der Hand auf den Sockel des Hechtbrunnens. Lediglich sein Hemd war oft etwas schmuddelig, das wäre Karlchen gewiß niemals passiert.
Der Hechtbrunnen war nun seine Kanzel und hier machte Hullalla unter freiem Himmel publik, was Pastor Romberg hinter den dicken Mauern von Sankt Peter und Paul gleicherweise und nicht einmal mit soviel Elan von sich gab.
Neben dem Rathaus und dann noch vor zwei dort abgestellten Schützenpanzern mit drohend erhobenen Geschützrohren rief Hullalla Himmel und Erde zu Zeugen an, wie böse die Menschheit doch ist, so böse, daß man nun auch schon den unschuldigen Vögeln und den lustigen

Eichkätzchen und den alten Frauen und den kleinen Kindern mit Bomben und Granaten nachstellt.
Vordem, da warf mancher Straßenjunge mit Steinen nach ihm - was doch auch schon gemein genug war - aber nun, nun kommt Gottes Strafe über alle im Land!

Ja, nach Johanni bekam Teterow an einem warmen Sommertag gar ein Schauspiel zu sehen, das wohl einmalig im Lande war. Dazu hatte er sich eine Decke umgehängt, der Hechtbrunnen war sein Jordanfluß und er selbst war der Prophet Johannes.
Wie jener predigte Hullala auch richtig gleichnishaft von dem, was nun allen bevorstehen würde:
„Die Axt ist dem Baum schon an die Wurzel gelegt, damit er abgehauen werden soll! In Sack und Asche wird man in sich gehen, da nun der Krieg mit seinem ganzen Elend über die Leute kommt!"
Ein Stück weiter auf dem Sportplatz ballerten die paar grauhaarigen Landesschützen, Hitlers letztes Aufgebot, zu seinen Worten mit Platzpatronen. Sie ahnten nicht, daß Hullalla mit seinen überlangen knochigen Fingern auf sie wies und auch auf die grauen Panzerautos hinter sich, als er die Bibelworte zitierte:
„Eure Bogen werden zerbrochen und eure Kriegswagen werden mit Feuer verbrannt, denn ihr seid mir ein Greuel, und euer schändliches Tun ist offenbar, spricht Gott, euer Herr!"
Seine Zuhörer waren froh, daß im Rathaus nebenan bereits Feierabend war und dort keiner der Hitlerschen Parteigenossen mitbekam, was doch ihnen zugedacht war.
Dort stand nur ein Fenster offen, wo die alte schwerhörige Hulda Maßmann beim Aufwischen war, wobei sie mit ihrem Brummbaß lauthals sang: *„Ist ein Schnitter, heißt der Tod. . . . Er wetzt schon das Messer, es schneid't schon viel besser ..."*.
Dazu ließ sie ab und an den nassen Feudel auf die Dielung knallen, und man hätte meinen können, dort ist auch eine Schießerei im Gange. Draußen aber klang es wie ein Kommentar zu Hullallas Prophetenpredigt.

Hullala hatte inzwischen den roten Faden seiner Prophetenpredigt verloren und sich so in seiner Rede verheddert, daß die Umstehenden ihm gut zuredeten, nun doch nach Hause zu gehen. Er habe seine Sache ja gut gemacht, sagten sie ihm zum Trost.
Und so trottete er heimwärts. *„Kinder und Narren sagen die Wahrheit"*, hieß es dann in den schmalen Ringstraßen der Stadt. Die Kinder und die Wahrheit hat man dort immer in Ehren gehalten. Irgendwie gehörten Karlchen und Hullalla auch dazu und so ist den beiden niemals etwas Böses widerfahren. Die ganze Stadt hielt zusammen!

Hullalla revanchierte sich auch so, als wenn er jedermanns Kind wäre und ließ kein Begräbnis aus. Als Schlußlicht ging er ganz hinten in jedem Trauerzug mit. Auch wenn er seinen dreikantigen Kopf ebenso hängen ließ wie die Trauergemeinde, bekam er doch genauestens mit, was sich dabei so tat. Allerdings wußten nur wenige, was danach geschah.
Wenn die Trauergesellschaft anschließend bei Plattenkuchen und heißem Kaffee beisammen saß, ging er ganz allein noch einmal zur Grabstelle. Und dann priesterte er los! Und wie! Der alte Leichenträger Laudahn hat gar gemeint, er könne das noch besser als die Pastoren. Auch wäre, so versicherte er, bei Hullalla manchmal noch mehr wahr, was die Verstorbenen anbelangt. Und jeder von denen ist bei ihm in den Himmel gekommen, auch diejenigen, bei denen fast niemand der Leiche folgte.
So war es denn nicht allein wegen des Straßenfegens und des Kohlenreinbringens, daß die Leute in der Stadt Karlchen und Hullala vermißten, als sie nach dem Kriege wieder verschwanden.

Einige Teterower sind aber doch noch einmal an Hullalla erinnert worden! Das war auf dem gesamtdeutschen Kirchentag in Berlin 1951. Da stand bei der Werner-Seelenbinder-Halle in Ostberlin eine übergroße Holzplastik eines Mannes, der als Prophet für sein Volk ebenfalls in Notzeiten die Wahrheit sagte, als das kein anderer wagte.

Wenn er mit den Beinen auch nicht so recht fest auf dem Boden stand, wies er doch mit seiner ganzen Statur über sich.
Genau so stand Hullalla vor dem Teterower Marktbrunnen und glich diesem Propheten Amos aufs Haar!

Seinerzeit hat sich mancher in der Stadt im Stillen gefragt, ob Karlchen nicht so eine Art Mecklenburger Schwejk war und sich womöglich nur so lächerlich angestellt hat, damit man ihn nicht zum Soldaten macht und an die Front schickt. Verdenken konnte man es ihm ja nicht! Doch dem war wohl doch nicht so.
Der Anblick der dürren, gestikulierenden Gestalt Hullallas aber blieb jedermann unvergessen, wie er da vor dem Hechtbrunnen stand, die beiden Panzerwagen mit drohend erhobenen Geschützrohren im Hintergrund und neben ihm die, in den steinernen Rand des Brunnentroges gehauene Inschrift:

WECK LÜÜD SÜND KLAUK
UN WECK SÜND DAESIG,
UN WECK, DE SÜND WAT AEWERNÄSIG,
LAAT‘ EHR SPIJÖKEN, KINNINGS,
LAAT‘...

O ja, sie haben in Teterow gewußt, daß dies so ist - und auch, wie schwer es ist, bei den Menschen alles auseinanderzuhalten.
Die Teterower haben manchen andern Leuten voraus, daß sie diese alte Weisheit beherzigen.

Ehrenmahl auf den Teterower Heidbergen

Hornochsen

Kurz bevor der zweite Weltkrieg begann, kamen wir zu Schule. Damals fing das Schuljahr noch unmittelbar nach Ostern an. Aber schon bald verbrachten wir viele Nächte und Unterrichtsstunden im Luftschutzkeller, um so häufiger, je länger der Krieg dauerte. Dann heulten die Sirenen fast täglich, auch am Vormittag.
Fliegeralarm! Zu Hunderten zogen die amerikanischen „Fliegenden Festungen" über uns hinweg.
Doch kaum hatten sie Ruhe gegeben, riefen mittwochs, sonnabends und am Sonntag früh die Trommeln und Fanfaren zum „Dienst" in der staatlichen Jugendorganisation. Ihr mußte jeder gesunde Junge angehören, um für Großdeutschlands Zukunft fit gemacht zu werden.

Hordenführer, so wurden jene Hitlerjungen dann genannt, die auf den ersten Rang in der Laufbahn zu einem künftigen Jungvolkführer befördert wurden, nachdem sie bewiesen hatten, daß sie gelernt hatten, worauf es ankam:
„Zäh wie Leder, hart wie Kruppstahl und flink wie Windhunde" mußte Deutschlands Jugend sein!
Der dies verlangte - war Hitler selber, der „Führer". Ein nettes Vorhaben - aber nur auf den ersten Blick und wenn man's nicht recht bedenkt!
Denn wenn einer auch noch ein eigenständig denkender und handelnder Mensch sein wollte, paßte er nicht in die durch und durch „gleichgeschaltete" Gesellschaft, wo es in allem darauf ankam, sich selbst zu einem Rädchen in diesem Staatsgetriebe herzugeben.
Ein sehr gefährliches Vorhaben - wenn man's genau nahm!
Diese Worte des „Gröfaz" (Größter Führer aller Zeiten ließ er sich nennen) waren jedoch so ernst zu nehmen wie sie gemeint waren:

Leder und Stahl - also Material wurde als Maßstab genommen für das „Menschenmaterial", das man bearbeiten wollte: formen, gebrauchen, einsetzen und, falls nötig, „verheizen".
Und dann sollten deutsche Jungen flink wie Windhunde sein.
Hunde – ihr Vorbild!

Schon in der Schule fing es damit an, daß sie scharf gemacht wurden, es auch zum „Hordenführer" zu bringen, zum „Hornochsen", wie man völlig zutreffend sagte.
In Teterow besorgte das vormittags Schulrektor Geerds, nachmittags Fähnleinführer Hohensee, der dazu sein Hitlerjugendfähnlein 108 kompaniestark auf dem Schulkamp aufmarschieren ließ. Wer nicht erschien, wurde von zu Hause herbeigeholt und in voller Montur bei Kirrbachs Wassermühle in den Teich geworfen.
Hieß es doch: „Gelobt sei, was hart macht!"
Schon im Alter von zehn Jahren mußte man antanzen. Hielt man sich gut und tat man, was befohlen war, konnte man bald befördert werden. Als „Hordenführer" erhielt man dann selbst das Kommando über einige kleinere Jungs und solche, die erst noch „geschliffen" werden mußten.

Hordenführer, das war ja nun auch wieder ein Wort, das mehr als deutlich zum Ausdruck brachte, worauf der „Schliff" hinaus sollte. Aus einer Herde düsiger Jungs, die wie eine Hammelherde durcheinanderlaufen, sollte eine disziplinierte Bande werden, die zu allem fähig war.
Es kam dann nur noch auf den Führer an, der ihr die Befehle gab.
Hierzu also wurden die Teterower Schuljungen im vierten Schuljahr ausgebildet, in der Hauptsache zunächst durch Schulungsstunden, Singen von Kampfliedern und Herummarschieren.
Die „Hornochsen" gingen dabei in der letzten Reihe und hatten darauf zu achten, daß jeder im Glied und im Gleichschritt blieb und daß kräftig mitgesungen wurde, nämlich daß die Marschierer weder Tod noch Teufel fürchten, selbst wenn sie sterben müßten.

Die Hauptsache, hieß es, war immer, daß die Hakenkreuzfahne weiter voran flattert, denn sie ist mehr als der Tod.
Hatten die meisten Jungen des Jahrgangs das kapiert, bekamen die Geeignetsten als Hordenführer einen silbernen Stern in einem schwarzen Kreis auf den rechten Jackenärmel genäht. Nun war man was - und man stand über denen, die noch nicht soweit waren.
Jetzt war einem Hordenführer auch klar, was diejenigen zu sagen hatten, die noch mehr silberne Sterne und bunte Kordeln an ihrer Uniform trugen. Vor denen, wußte man nun, müßte man kuschen - wie ein Windhund!

Mit den Jahren gab es eine Spezialausbildung für die Jungs. Die war allerdings im Hitlerjugendführerprogramm anfangs gewiß nicht vorgesehen.
Man mußte in die „Hermann-Meier-Schule“
Herrmann Meier? - Das tuschelte man natürlich nur heimlich.
Hermann Göring, der Reichsmarschall, hatte nämlich als Oberster der deutschen Flieger bei Kriegsanfang in einer Rede versprochen:
Kein englischer Flieger würde jemals eine Bombe auf Berlin abwerfen können, sonst wolle er „Meier” heißen.
Nur vier Jahre später, 1944, gingen im Wehrertüchtigungslager in den Parchimschen Tannen richtige Wehrmachtsunteroffiziere und Feldwebel daran, den Jungs aus der fünften Klasse beizubringen, wie sie die Verschütteten und Verwundeten in den bombardierten Großstädten Berlin und Hamburg aus den Haustrümmern ziehen und versorgen könnten.
Währenddessen zogen über ihren Baracken hunderte amerikanische „Fliegende Festungen” ihre Bahn.
Aber noch immer kamen nur die wenigsten auf den Gedanken, daß das Unternehmen ihres obersten „Hordenführers”, die ganze Welt zu erobern, nicht gut ausgehen könnte.
Unbeirrt wurde die Jungvolkausbildung der 13- bis 14jährigen immer mehr auf Zähigkeit und körperliche Ausdauer abgestellt - nun im vorletzten Kriegsjahr.

So ging es an jedem Sonntagmorgen, wenn die Glocken läuteten, hinaus auf die Bergringrennbahn und ins Hohe Holz.
Dort wurde praktisch geübt, was sonnabends nach der Schule im Kino als Lehrfilm lief: anschleichen, tarnen, schießen, Panzer knacken und fix verduften.

„U*nd niemand*“, sagte der Fähnleinführer, *„braucht dabei auch nur einen Funken Furcht haben, denn ihr Jungs seid klein genug, daß Kugeln und Granaten an euch vorbeisausen, wenn der Feind es wagen sollte, zurückzuschießen“.*
Beim Singen konnte man allerdings schon merken, daß dieser und jener bereits kleinlaut wurde. Und die Fahnen flatterten ihnen auch nicht mehr so forsch und siegessicher voran wie zuvor.
So gab es am Ende zumeist nur noch zwei Lieder, die immer aufs Neue wiederholt wurden.
Beide paßten so recht in diesen letzten Teil der Hitlerzeit:
„ . . . es zittern die morschen Knochen der Welt von dem großen Krieg . . . wir werden weitermarschieren, wenn alles in Scherben fällt, denn heute gehört uns Deutschland und morgen die ganze Welt!”
Dies war das eine und wurde zumeist so trotzig heraus gebrüllt, wie es nur Jungs in diesem Alter können, die beweisen wollen, was für Kerle sie schon sind. Würden sie wohl jemals in ihrem künftigen Leben lernen, den Scherbenhaufen, den man bereits in ganz Europa angerichtet hatte, wieder zurechtzubringen?
Für das andere Lied hatte man hierzulande weniger übrig. Denn dafür war man als Mecklenburger wohl nicht zuständig: zu verhindern, daß die Ami-Panzer etwa durch die Lüneburger Heide rollen.
Das Lied handelte ja von den Niedersachsensöhnen, die so erdverwachsen zu Herzog Widukinds Stamm gehören und bereit sind, ihr Germanenblut zu vergießen.
Nein, das kam hier nicht so recht an und so wurde um so öfter von den morschen Knochen und den Scherben gesungen. Das paßte irgendwie besser in diese Kriegszeit, das hatte man im Gefühl.

Schließlich und endlich kam im Frühjahr 1945 auch in Teterow die Stunde, in der dem Fähnleinführer mitsamt seinen Hordenführern der Gesang im Halse steckenblieb.
Unser Klassenlehrer hängte seine Frau und seine schöne siebzehnjährige Tochter an einem Lampenhaken auf und weitere Hauseinwohner dazu. Und dann, dann ging er stiften!
In diesen ersten Maitagen nahmen sich noch mehrere hundert Einheimische und Flüchtlinge durch Erhängen und Ertränken das Leben, als die Rauchwolken von der Vernichtung der Nachbarstadt Malchin bis nach Teterow sichtbar wurden.
Dort, so hieß es, hatte sich der Rektor unserer Volksschule mit seiner Konfirmandenklasse hinter Kellerluken und Dachfenstern versteckt und mit Karabinern auf die einrückenden Russenpanzer schießen lassen.
Die waren nun wirklich aus Stahl und zogen auf erprobte Weise vom Leder. So schnell wie ein Windhund war jetzt doch keiner von den Jungs, daß er noch beizeiten wegkam.
Mit ihnen mußten hunderte Malchiner Einwohner in ihren brennenden Häusern zugrunde gehen, so schrecklich rächten sich die Russen. Selbst das Kruzifix auf dem Altar in der Winterkirche nahmen sie sich zur Zielscheibe - man kann es heute noch sehen!
Als der Qualm von Malchin herüberwehte, kamen in Teterow alle die kleinen Hordenführer abhanden.
Unserm Klassenprimus, dem blonden Rudolf Meining, wurde von seinem Vater im Boot vor der Burgwallinsel eine Kugel in den Kopf gejagt, weil es nun doch keine braune Zukunft und keine glückliche Jugend in Deutschland mehr geben könne.
Das alles geschah in dem Wahn, daß der Mensch noch mehr sein müsse als ein ganzer Kerl, nämlich „zäh wie Leder, hart wie Kruppstahl und flink wie ein Windhund“.
Rudi war von klein auf unser bester Freund. Er war kurz zuvor dreizehn Jahre alt geworden - Hordenführer - „Hornochse”.

Een Wunner up Platt

Gifft dat noch Wunner up uns' Ier'?
Ganz gewiß: in Schitomir!
    Gor männig Landser is dor follen.
    De Russen hett dat nich gefollen,
    dat dei de Stadt afbrennen deden
    un seggen dat noch hüt tau jeden.
Int Johr na ehren groten Sieg
begünn de Upbu na den' Krieg
un dorbi is dat dor passiert,
dat Max Mindt sick tau wunnern lihrt:
    Noch half 'n Kind, mit'n iersten Schwung
    entlöt man em as Hitlerjung,
    nadäm de Krieg tauend gahn wier.
    In Holstein hüll em dat nich mihr.
Dat künnen noch kein twei Stunnen sien,
dat hei tohus wier in Warlin,
dunn haalten sei em dor all wech,
wat keiner recht tau weiten kreech.
    Sien Trupp harr mal wat Leechs anstellt,
    doch Max, de hett dorbi dunn fählt.
    Dat wullen sei nich gellen laten,
    so kreech man em nu gliek to faten.
Int Lager achter Schitomir,
wo hei mit Heiner Behnken wier,
müsst hei donn hart malochen lihren,
weswägen sei gefangen wieren.
    De beiden harren up den' Bu

tauierst as Brigadier ne Fru,
bi de harr keiner wat tau lachen.
Donn kregen sei poor niege Wachen.
    Up Platt hett Max tau Heiner secht:
    dees Arbeit krieg ick nich mihr trecht,
    ick kann nich mihr, ick fall bald üm,
    wo ick doch väl to hungrig bün!
Mischa, de Öllst von ehre Posten,
löt em dunn sien Kohlsupp kosten.
Ganz heimlich aewer ded hei dat:
de Kierl verstünn wohrhaftig Platt!
    Wieso? Vier Johr leeg dat taurück,
    dunn harr sei sülben mächtig Glück.
    In de W a r l i n e r Teigelie
    hebben sei gefangen schuft' as nie.
In ehr Barack achter den' Aben
hebben sei dunn abends Kohldamp schaben.
Doch oft fünnen s' wat tau äten vör,
wat von ne Fru verstäken wier,
de wahnte dunn ok in Warlin -
un künn man Max sien Mudder sien!
    Ehr Hus stünn ja grad näbenan!
    Sei sprök de Russen plattdüütsch an
    un sorgt för sei as 'n eigen Kind
    un wier dorbi noch binah blind.
Mischa un Max un Heiner swegen,
as sei't tausamen ruterkregen.
'Een Wunner künn man dit woll nennen,
doch müßt man dortau plattdüütsch koennen!
Tauierst künnen sei dit gor nich faten!
Sei hebben sick dat so schenken laten:
ja - dat gifft Wunner up de Ier',
in Warlin un Schitomir!

Eine couragierte Frau

Erster Mai 1945. Es war ein herrlicher Sonnentag in Mecklenburg. Und doch: totenstill ist es in Laage, unheimlich still. Als wenn Unheil in der Luft liegt!
Weiße Fahnen liegen in der ganzen Stadt auf den Straßen, Stahlhelme, Kisten und Kasten, allerhand Zeug, zumeist von etlichen zusammengebrochenen oder liegengebliebenen Trecks.
Soeben sind einige Volkssturmmänner vom Rathaus in die Teterower Straße geschlichen und reißen die dort ausgehängten weißen Fahnen herunter. Es sind nur einige wenige ältere Männer, dazu noch ein paar Hitlerjungs, so etwa 15 Jahre alt.
Das Rasseln der Ketten von russischen Panzern ist bereits hörbar. Am Stadtrand, an der Tankstelle am Anfang der Straße sind schon zwei in Stellung gegangen, die Vorhut. Sie halten dort inne, haben sie doch davon Wind bekommen, daß die kleine Stadt noch verteidigt werden soll.

Im Nachbarhaus, gleich neben der Tankstelle, sitzt Familie Possehl ängstlich im Keller. Kein Wort geht ihnen über die Lippen, die Herzen schlagen bis zum Halse hinauf. Jeden Moment muß die Schießerei ja beginnen, wer weiß, was dann alles geschieht!
Vor kurzem liefen auch hinter ihrem Haus noch Uniformierte mit Panzerfäusten vorbei. Auf der anderen Straßenseite haben sich einige ganz junge Kindersoldaten hinter den Bodenluken versteckt - wie Schulkinder, die etwas ausgefressen haben. Ja, zur Schule gingen sie vor wenigen Tagen noch. Hitlers letztes Aufgebot! Welch ein Irrsinn!
Die unheimliche Stille wird von einer Stimme im schummerigen Keller unterbrochen: *„Otto ist noch oben!"*
Otto, das ist der Ostpreuße, der vorwenigen Wochen als Flüchtling bei

Possehls untergekommen war. Otto haben sie schon im ersten Weltkrieg zum Krüppel geschossen. Wirklich, Otto fehlt in ihrer Runde! Sie schauen die Treppe hinauf und horchen. Doch zu sehen ist nichts von ihm und oben bleibt alles still. Lotti Possehl wagt sich daraufhin gar bis zur Haustür und blickt scheu hinaus. Nein, auch dort ist nichts zu hören.
Aber sie sieht nicht weitab den braungestrichenen Panzer mit dem großen roten Stern stehen, der, so meint sie, seine dicke Kanone direkt auf sie gerichtet hat. Also nichts wie zurück und runter in den Keller!

Plötzlich hören sie Otto rufen. Ganz gewiß, das ist seine Stimme! Er ruft etwas, aber es ist nicht zu verstehen. Was ist da los? Schon wieder läßt er sich hören, und nun bekommen sie es auch unten am Kellereingang mit: er schimpft! Und das lauthals.
Schimpft er etwa auf die Russen? Das hat doch keinen Zweck. Zwar haben die Laager den Krieg schon lange satt, aber das muß er lassen! Die russischen Soldaten bei dem Panzer könnten doch meinen, es gilt ihnen! Vielleicht verstehen die gar deutsch.
Lotti Possehl fegt ärgerlich die Treppe hinauf. Sie braucht seiner Stimme ja nur nachzugehen, um Otto zu finden. Oben in der Giebelstube liegt er halb aus dem Fenster, der Tüsche zum Nebenhaus zu.
„Weg mit euch!“ . . . *„Verschwindet!“* . . . Er ruft es immer noch eins. Lotti begreift, er meint wohl gar nicht die Russen.
„Hau ab, du Dussel - du jagst uns noch allzusammen in die Luft! - Mach, daß du wegkommst!“
Das gilt jemandem, der sich unten in der Nische zum Nachbarn hin versteckt hat. Das kann kein Russe sein.
„Otto, laß ihn doch - und halt endlich dein Maul“, ruft Lotti ihm noch von der Treppe aus zu. *„Komm doch zu uns in den Keller! Du bölkst ja so laut, daß die noch auf uns schießen!“*
Aber Otto will nicht mit ihr kommen. Er ist böse, sehr böse!
„Der Hund da unten ist es doch, der den ganzen Feuerzauber auslösen soll“, zischt er. *„Siehst du das nicht ein? Komm und schau selber nach, was uns blüht!“*

Lotti faßt sich ein Herz und beugt sich nun auch kurz über die Fensterbrüstung. Mit einem Blick begreift sie, was dort unten vorgeht.
Da liegt so ein junger Schlacks am Eingang zur Tüsche, in Braunhemd, dunkelblauer Bluse und Hose und mit einer Hakenkreuzarmbinde - eine Panzerfaust im Anschlag. Bunte Kordeln, das weiß man, weisen ihn als einen der Anführer der Hitlerjugend aus.
Er wartet darauf, daß die Panzer noch ein Stück vorfahren, so daß er sie schräg von der Seite zu fassen bekommt. Sein Schuß mit der Panzerfaust soll das Signal zum Widerstandskampf sein.
Die Tür zur Tüsche hat er ausgehängt. Das ist es, was Lotti besonders erbost. Soweit ist es also nun schon gekommen, daß die einfach in ihrem eigenen Hause Krieg machen!

Wieder ruft nun Otto dem dort unten zu, er soll sofort durch den Garten verduften. Denn wenn er schießt, geht womöglich die Tankstelle nebenan mit in die Luft und dann gute Nacht, dann können sie uns nicht mal mehr begraben.
Der junge Mann unten in der schmalen Tüsche blickt sich um, schaut nach oben und ruft: *„Hab Befehl! Ich muß hier aushalten, bis die Panzer vorrücken!"*
Otto weist ihm den Vogel: *„Lauf schnell nach Haus, Jung, zu deiner Mutti!"* - Und dann: *„Mach Schluß, du Affe du!"*
Er wendet sich Lotti zu: *„Wenn der Blödhammel nicht abzieht, ist es mit uns allen vorbei!"*
Er schnappt vor Aufregung nach Luft, dann schnauft er: *„Lotti, wir müssen was gegen diesen Heini unternehmen!"*
Auch die hat längst begriffen, hier geht es um Leben oder Tod. Nicht allein für den Hitlerjungen dort draußen, nein, für sie alle, zumindest hier neben der Tankstelle und auch für die Nachbarn in der Teterower Straße. Wird der Russe dann nicht gar die ganze Stadt niederbrennen, so wie es in Malchin und Neubrandenburg geschehen ist?!
Ja, man müßte was tun, jetzt gleich, auf der Stelle! Aber was?
Hören will der HJ-Führer ja nicht.

Lotti sieht sich um. Wenn nichts anderes hilft, denkt die Frau, muß man ihm eben etwas ins Genick werfen, um ihn zu vertreiben. Aber was? Sie hat nichts, was sich dazu eignet.
O doch! Ihr Blick fällt auf den Toiletteneimer, der noch neben dem Bett steht. Oma ist es in der letzten Nacht übel ergangen. Das ganze Abendessen ist ihr nicht bekommen. Als sie vorhin in den Keller gebracht wurde, konnte niemand mehr daran denken, hier aufzuräumen. Wer hatte dazu Zeit an solch einem Tag!
Ein Griff - und sie hat den Toiletteneimer schon vor sich auf dem Fensterbrett.
„Du Miststück bringst uns noch allzusammen um!"
Sie ruft es dem Hitlerjugendführer erbost zu. Der sieht sich erschrocken nach seinem neuen Gegner um und zu ihr hinauf. Im gleichen Augenblick trifft ihn die ganze Ladung voll ins Gesicht.
Das war nun doch zuviel für ihn! Ein Schießeisen hatte er nicht, um sich zu rächen und so verschwand er wie ein geölter Blitz in dem verwinkelten Hofgelände und in den Gärten dahinter.
Seine Panzerfaust läßt er liegen - zum Glück für Lotti! Mit Otto hängt sie schnell die Tüschentür wieder ein. Im Keller sind sie nun sicher, denn die Hoftür des Hauses hatten sie schon vorher fest verrammelt.

Jetzt rasseln die Russenpanzer los. Sie haben Verstärkung erhalten. Zugleich rücken andere Truppen von der Bahnhofsseite in die Stadt ein. Kein Schuß fällt. Die Volksstürmer warten vergebens auf das Signal ihres Hitlerjugendführers und verkrümeln sich nun beizeiten, während hier und da verängstigte Gesichter an den Fenstern erscheinen und andere entschlossen weiße Fahnen hinaushängen.
Unten im Keller holt man erleichtert tief Luft. Nun war ja wohl dieser Krieg überstanden, wenigstens das Schlimmste abgewehrt.

In der Tat wäre es für die Stadt mit ihren Tausenden von Flüchtlingen böse ausgegangen, wenn Lotti Possehl nicht in letzter Sekunde Omas Toiletteneimer zur Hand gehabt hätte!

Ähnlichkeit nicht ausgeschlossen

Gewiß, daran gab es keinen Zweifel, Richard Möller war der Allertreuste der Teterower Kommunisten. Während der ganzen Hitlerzeit hatte er seine rote Parteifahne unter der Dielung seiner Schlafstube versteckt gehalten und niemals die Hoffnung aufgegeben, daß die Zeit der braunen Herrschaft einmal vorbei sein würde.

Und als es endlich soweit war und die Russen auch seine Heimatstadt besetzten, kam dann ja auch seine große Zeit und er übernahm die Stadtregierung. Er inspizierte und requirierte Haus bei Haus für die Besatzungsmacht und hatte auch sonst das Sagen.
Hat er sich dabei übernommen?
Eines Tages hieß es: Richard Möller ist tot!
Mucksmäuschenstill lag er in seinem schlichten Einheitssarg. Ein anderer hatte sich in aller Eile nicht beschaffen lassen. Jedoch drei Tage später wollten das Rathaus und seine Partei ihm mit einem Eichensarg ein Ehrenbegräbnis arrangieren.

Auf dem Friedhof war wegen der Seuchenfälle Hochsaison. Sein Sarg stand in der Leichenhalle nicht allein. Noch drei weitere standen daneben. Darunter war auch der Sarg eines Kriegsheimkehrers, der im Krankenhaus verstorben war, ein Flüchtling aus einem Dorf unweit Teterows, der ihm an Jahren etwa gleichkam.
Den holten sich die Dorfleute früh am nächsten Morgen zu sich nach Hohen-Demzin. Dorthin hatte es in den letzten Kriegsjahren, so schien es, wohl halb Bessarabien verschlagen.
Noch am selben Tage wollten seine Landsleute ihm ein feierliches Begräbnis zuteil werden lassen wie es in ihrer Heimat üblich war.

So war das Kirchlein beizeiten schon rappelvoll. Die Einheimischen mußten sich eingestehen, solch einen kräftigen und innigen Gesang hatte das alte Gemäuer noch niemals erlebt. Man war sich ja einig, ihr Landsmann hatte ein christliches Begräbnis verdient, wie es die Mecklenburger zuvor nicht kannten. In schwarzes Tuch gehüllt, gab darum jedermann sein Bestes.
Jedoch war man vorerst mit seinem Gesang unter sich, denn Pastor Stopsack, der aus Bülow herüberkommen mußte, ließ auf sich warten.
Niemand konnte ahnen, daß neben ihm auf der Warener Chaussee ein Russenlaster anhielt, Soldaten herabsprangen und ihm die Stiefel von den Beinen zogen und ihn auch gleich noch von seinem gerade aus einem Versteck hervorgeholten Fahrrad Marke „Vaterland" befreiten.
Doch die braven Bessarabier waren Kummer gewohnt und sangen ohne Gesangbuch ihre schwermütigen Weisen, bis daß ihr Pastor endlich barfuß und schweißüberströmt eintraf.
Froh konnte er sein, daß die Russen ihm wenigstens seinen Rucksack mit dem schwarzen Talar und seinen Büchern nicht abgenommen hatten, die er für die Begräbnisfeier doch benötigte.
Seine bloßen Füße unter dem Talar fielen zunächst auch gar nicht auf. Der Talar war lang genug zu verbergen, was sonst Hochwürdens Amtshandlung womöglich abträglich sein könnte. Wohl war ihm jedoch nicht in seiner Haut!
Aber für solch einen guten Mann und solch eine eindrucksvolle Trauergemeinde legte er sich nun gerne voll ins Zeug - er sang und predigte, als wenn eine ganze Engelschar den Verstorbenen aus dieser Welt geleitete.

Was jedoch keiner wußte und auch niemand ahnen konnte, war das Malheur, das in der Teterower Leichenhalle geschehen war. Die Dorfleute hatten dort den falschen Einheitssarg zu fassen bekommen!
Darum wurde nun in Hohen-Demzin für Richard Möller, den Roten Richard, so innig und feierlich gesungen und gebetet, wie das in dessen Heimatstadt sicherlich niemals der Fall gewesen wäre.

In sich gekehrt, still und zufrieden ging die Demziner Trauergemein de zurück in ihre Häuser und Notunterkünfte, der Meinung, daß man ein solch schönes christliches Begräbnis noch nicht erlebt hätte!
Mit einem Seufzer der Erleichterung paßte sich Pfarrer Stopsack währenddessen im Küsterhaus ein Paar alte Gummistiefel an und sah noch nach dem frischen, kranzbedeckten Grabhügel.
Dann machte auch er sich auf den Heimweg in der Gewißheit, er habe diesem Heimkehrer in die ewige Heimat ja wohl eine passable Leichenrede gehalten.

Jedoch am übernächsten Tage – so weiß man ja – wurde Richard Möller in Teterow für die ihm zugedachte Totenehrung benötigt! Man hatte ihm hierfür inzwischen wirklich einen Eichensarg verschafft und nun kam es ans Licht, daß er verschwunden war, als man ihn umbetten wollte!
Wo konnte Teterows großer Sohn, der neuerdings Vielgeehrte und Vielgefürchtete, nur abgeblieben sein? Und wer war der unbekannte Hagere, den man an seiner Statt im Einheitssarg in der Kapelle vorfand?
Eine gewisse Ähnlichkeit war ja nicht von der Hand zu weisen, wie das bei Toten zuweilen so ist. Doch dies war nicht der Rote Richard, soviel war klar. Hier mußte man sogleich etwas unternehmen!
Die Aufregung war groß und auf der Stelle war man sich einig, daß es kein Aufsehen geben durfte. Auch lag es klar auf der Hand, daß hier wohl eine Verwechslung vorliegen mußte.
Irgend jemand hatte auch den richtigen Einfall, wie diese zustande gekommen sein könnte.
Ein Luftzug von der Tür in den Leichenraum hatte wohl die Zettel mit den Namen der Verstorbenen von den Särgen geweht, als die Dorfleute ihren Flüchtling abholten! Das hat man also davon, wenn diese nicht gut daran befestigt wurden!
Eilig überprüfte man, welche anderen Toten neben Möller in der Leichenhalle verwahrt wurden, und so kam man auch auf den in Hohen-Demzin zu Grabe Getragenen.

Vor Tau und Tag, früh am nächsten Morgen, rückte auf einem gummibereiften Pferdewagen ein Friedhofskommando dorthin aus. Und heimlich, still und leise wurde Richard Möller - ja, er war's, der dort friedlich schon unter der Erde schlummerte - wieder zutage gefördert. An seine Stelle kam, nun allerdings sang und klanglos, der um seine schöne Trauerfeier geprellte Bessarabier in die Erde.
Der Hohen-Demziner Küster, der darüber hinzukam, wurde ernstlich zu stricktem Stillschweigen vergattert, so auch das Friedhofskommando, und damit war die Bahn frei für das, was Möller nun noch an Feierlichkeiten von seiner Partei zugedacht war.
Sein eindrucksvolles kirchliches Begräbnis hatte er ja umsonst, nun mußte er noch allerhand Reden gänzlich anderer Art still über sich ergehen lassen.

Dabei hätte alles auch ganz anders kommen können! Noch eine Stunde vor der Trauerfeier in der Demziner Kirche wurde der Sargdeckel dort für die Angehörigen des Kriegsheimkehrers kurz aufgenommen. Ob diese dem Tode nun nicht recht ins Auge sehen mochten oder eben doch eine gewisse Ähnlichkeit der Verstorbenen bestand, wer weiß?
Allein die kleine, wohl fünfjährige Enkelin ließ angesichts des Toten verwundert ihre piepsige Stimme vernehmen:
„Opa, wie siehst du denn aus?", doch wurde sie sogleich ermahnt, still zu sein. Der Opa hätte womöglich in Teterow im Krankenhaus noch sehr leiden müssen, wurde ihr erklärt.

Auf diese Weise kam der Rote Richard, nach dem dann sogar die Pferdemarktstraße in Richard–Möller–Straße umbenannt wurde, zu solchen Ehren, auf die er zu seinen Lebzeiten ganz und gar nicht aus war.

Schreck in de Morgenstunn

De Röbelsch Gärtner Sommerfeld verdeint up männig Oort sien Geld. So maakt hei af un an Musik, fangt Boors un Plötz in‘n Mönkendiek un näben siene Gärtnerie hett hei den‘ Friedhoff ok dorbi.
Jedeen hett em dor würklich giern: hei kann sinnig philosophiern, weit, wie Fründ Hein de Seis ansett, un ok, wat man ant Läben hett.
De Nakriegstiet wier Hochsaison för sien Geschäft, dor güng hei schon frühmorgens tiedig an sien Wark und bröcht de Lieken na de Kark. Dorför löt hei sick gaut betahlen.
Mal müßt hei einen ut Woren halen, de wier int Krankenhus opp‘riert, int Läben oewer nich trüchkihrt. In Röbel süll hei in sien Graff.
Vör Dau un Dach führt hei all af.
De Pierd löpen in‘n sachten Schritt. Ok Jochen, sien öllst Soehn müßt mit. Un achtern, up den‘ Gummiwagen stünn ja de Sarg, schön swart utschlagen.
So bi Klock Teihn, int Holt bi Klink, wier‘t, dat dat an to rägen füng. Donn secht de Oll: *„Soehn, weitst du wat? So as wi sünd, warden w‘ beid man natt! Treck mien Jack an, denn ward ‘t nich arg, ick krup wieldeß eins in den‘ Sarg!“* Hei ded‘t un leech ja nu in‘ Drögen. Sien Soehn künn sick binah nich rögen.

So is de Fohrt denn wiedergahn, as an de Strat twei Frugens stahn, dei harren Bickbeeren plückt un nascht un wieren von‘n Rägen oewerrascht.
„He! Holl eins an un nähm uns mit“, röppt een un kricht dat gor nich mit, dat achterup de Sarg doch steiht.
As sei em süht, ist‘t ehr all leid. De anner fröcht: *„Is dor een i?“*

„Ne", secht de Jung, *„dor sall een rin! Stiegt man fix up, ick führ na Woren. Ick warr juch dor all roewerkoren!"*
Nu wieren de Frugens ganz ahn Sorg. So kemen sei bät Eldenborg, wieldeß dat rägent, gütt un pladdert.

Mit eens sünd sei donn ganz verdattert un schriegen lut:
„Mien Gott, wat's dit? Mit uns führt ja de Dod woll mit?!"
Sei kemen grade oewern Barg, dunn hujahnt doch een in den' Sarg, ne Hand kümmt rut, un einer froecht, dat Jochen em doch fix eins secht, ob dat noch rägent orrer nicht! Hei harr dorin ja keen frie Sicht!

Kregen de Frugens einen Schreck! Toierst roegten s' sick nich von'n Fleck. Güng dat mit rechten Dingen tau?
Vörbi wier dat nu mit ehr Rauh - mit eenen Satz sprüngen sei runner - dit wier een gor to grotes Wunner!
As wier de Dod nu achter sei sünken sei beid dunn up de Knei un as donn wieder nicks passiert, hebben sei sick schnellstens afsentiert. In'n Nu wieren sei int Holt verschwunnen!
De Gärtner hett ehr Bickbeeren funnen.

De kem nu ut den' Sarg herut un seech dorbi ganz hoeglich ut. Vör Doden wier em gor nich bang, hei kennte de ja doch all lang und wüßt, mit dei müßt man't gaut meinen, denn künn man ok doran verdeinen.
Twei Emmer Bickbeeren – wat för een Glück! – bleben dunn up den' Wagen t'rück.
„O, dit geföllt mi , dat's nich schlecht", hett hei to sienen Soehn donn secht. *„Dat is mi süss noch nich passiert, dat mien Geschäft so früh floriert!"*
De froecht: *„Wat willen wi dormit maken?"*
„Soehn, dor ward Mudder Supp von kaaken", secht hei un treckt sien Jack sick an un ehre Fohrt künn wiedergahn.

Doktor Asmus Spritzenkur

Die alteingesessenen Teterower wußten lange Bescheid - wohl keiner versäumte es, wenn er über den Marktplatz ging, schnell einen Blick hinauf zu den Fenstern im Obergeschoß eines Hauses schräg gegenüber dem Rathaus zu werfen. Doktor Asmus behandelte dort hochbetagt zwischen den roten Plüschsesseln seines Salons noch immer Patienten in seiner Allgemeinpraxis.
Am geöffneten Fenster hatte sich so mancher von ihnen selbst hinauslehnen müssen, wenn der Arzt sich bemühte, ihm mit seiner Spritzenkur zur Gesundung zu verhelfen. Dies war nämlich Pütings Spezialmethode, sah er doch seit Jahren nicht mehr gut.
Aufgrund seiner Erfahrung konnte er die Patienten aber noch immer befragen und ihnen mit Hilfe seiner gut eingearbeiteten Arzthelferin Medikamente gegen Erkältungen, Magen- oder Herzbeschwerden verschreiben. Wenn diese Diagnosen jedoch nicht zutrafen oder die Medizin nicht half, griff er zu seiner Sammlung von Spritzen.
Und dann kam es zu der oben erwähnten Prozedur, daß sich der Patient aus dem Fenster zu beugen hatte, während Püting Asmus sich von hinten anschlich, in Richtung des hellen Fensters zielte und so den Podex nicht verfehlen konnte.

Eines Tages, so war es in der Stadt bald herum, hatte er allerdings Pech, kam er doch ins Stolpern und die Spritze zerbrach während diese sich tief bis auf den Knochen in einen wohlgerundeten Bauernhintern bohrte. Da nun ein Unglück selten allein kommt, war der Doktor diesmal auch noch an einen Mann geraten, der dieses Malheur zu seinem Vorteil auszunutzen gedachte. Der lief nämlich stantepede zum Gericht und klagte gegen den Arzt auf Zahlung eines Schmerzens-

geldes. Da seine Schmerzen angeblich noch immer anhielten, wurde dessen Höhe zunächst noch nicht ausgehandelt.
Püting Asmus bedauerte ja auch selbst den Vorfall und war bereit, den Schmerz des Patienten mit einem kleinen Geldschein vergessen zu machen. Der Bauer präzisierte daraufhin seine Forderung auf volle tausend Mark, damals eine horrende Summe. Und er versicherte, daß ihm sein Dasein durch die andauernden Schmerzen vollkommen verdorben sei.

Dr. Asmus stellte dagegen seine Behandlung als völlig harmlos dar, nahm er doch nur eine verhältnismäßig kleine Spritze. Der Patient hätte nicht einmal die nötig gehabt, um gesund zu werden. Hatte und hat er nicht bis zur Stunde gar simuliert?
Sicher sei für ihn: ein Patient, dem nichts fehlt, hat auch keinen Grund zu leiden und noch dazu Schmerzensgeld zu fordern. Kurz und gut, dem Patienten geht es bestens - er ist gar kein Patient!
Jedoch er sei kein Unmensch und biete ihm als Entgelt für den ausgestandenen Schreck zukünftig seine ärztliche Zuwendung auch weiter in seiner Praxis an und würde dann auch gerne zu größeren Spritzen übergehen, wenn sich dazu die Notwendigkeit ergibt. Aber diese müßte sich der Bauer schon selbst bei ihm am Teterower Marktplatz abholen.

Der gerichtliche Vergleich wurde beiden Parteien wie folgt zugestellt und hat den an dem Schiedsspruch Beteiligten sicherlich ein nicht geringes Pläsier bereitet:
„Der Bauer hat in Zukunft lebenslänglich die Möglichkeit, bei Herrn Dr. med. Asmus eine Spritzenkur unentgeltlich in Anspruch zu nehmen. Jener allerdings muß ihm die Gewähr dafür bieten und dem Kläger bei Inanspruchnahme auch die Spritzen vor der Behandlung zeigen und darf sich auch nicht nur auf die kleineren beschränken.“
Wie es in der Stadt heißt, schlug diese Art Spritzenkur nun bestens an. Der Bauer hat allerdings sein Anrecht auf solche Behandlung in Zukunft nicht in Anspruch genommen, denn offensichtlich erfreute er sich seitdem bester Gesundheit!

Schwerin

Schwerin auf dem Weg zum Weltniveau

Wilhelm Pieck, dem ersten Präsidenten der DDR, war das Regieren zusehens saurer geworden, je älter er wurde. Unter ihm wurde mit viel Wasser gekocht.
Schwer war es, die Kriegsschäden im Lande zu beseitigen, die Last der Reparationen abzutragen und die Armeen der sowjetischen Besatzungsmacht zu unterhalten.
So kam Walter Ulbricht nach ihm an die Regierung und nahm von Anfang an den Mund recht voll. Was wollte er aus Deutschlands Osten nicht alles machen: *„Das wahre deutsche Wirtschaftswunder soll im Osten, in der DDR, stattfinden!"*
Hinter der Berliner Mauer, hinter Minen und Stacheldraht, die die beiden Teile Deutschlands teilten, sollten Ausländer aus aller Welt den realen Sozialismus kennenlernen können.
„Weltniveau" war alle Tage sein erstes und sein letztes Wort! Das galt es binnen weniger Planjahre zum Ruhme seiner Ideologie zu erreichen. In den Industriezentren und Großstädten wurden alle Kräfte der staatlich gelenkten Volkswirtschaft konzentriert. Sie hatten ja im Kriege auch am meisten gelitten und der Aufbau war bislang nur recht bescheiden ausgefallen. Sie sollten repräsentative Stadtzentren erhalten.

Auch an Schwerin dachte man, die schöne alte Residenzstadt, die Gott sei Dank in der Kriegszeit nur wenig Schaden genommen hatte. Die Vorschläge der Schweriner Bauverwaltung reichten Ulbricht nicht. Nach seiner Weisung wurde nun großspurig geplant und gezeichnet und gestrichen, was alles abgerissen werden sollte, um Platz für Plattenbauten zu haben. Die eifrigsten Planer in Partei und Regierung wollten eine moderne Stadt daraus machen.

Im Zentrum war gar Kahlschlag vorgesehen. Das Schloß, das Museum und das Theater sollten ja weiterhin bestehen. Dies war doch eine imposante Kulisse, wenn die Volksmassen dort aufmarschierten. Von der Freitreppe zum Museum konnten die Funktionäre sich ihnen doch fein präsentieren. Aber die engen Straßen in der Innenstadt erschienen ihnen nur als Zeugen einer vergangenen Epoche.
Also weg damit! Wo sollten auch die Genossen Kampfgruppenkämpfer aus den Betrieben ihre Paraden abhalten, wo könnten die Einwohner noch Spalier stehen, wenn der Staatsratsvorsitzende dort einmal vorbeikommen würde?
Der Stadt blühte ernstlich, was in Halle-Neustadt, Eisenhüttenstadt und Magdeburg schon in Gang gebracht war: Neue, aber eintönige große Plattenbaublocks, hinter denen sich die Reste der Altstadt verkriechen. Zu jener Zeit hatte man von einer modernen Stadt nun einmal solcherart Vorstellungen, die nach Ulbrichts Geschmack Zeugnis für seine Losung ablegen würden: *„Den Westen einholen und überholen!"*
Der Himmel hatte ein Einsehen. Es kam in Schwerin glücklicherweise nicht soweit, daß die Planungen der Regierung für das Stadtzentrum zur Ausführung kamen. Seine eigenen Parteigenossen haben dem Staatsratsvorsitzenden Ulbricht seine großspurigen Projekte, die mangels der notwendigen Mittel ohnehin nur Stückwerk bleiben konnten, ausgeredet und ihn schließlich ja auch selbst abgehalftert.

Ulbricht war bereits lange tot, als immer noch jedermann in den Zügen der Reichsbahn es mitbekommen konnte, wie die Mecklenburger seine Weltniveau-Politik auslegten. In Riesenbuchstaben stand an einer Mauer der alten Schweriner Molkerei dem Bahnkörper zugewandt:

MIT FLORA, DER KUH, UND JOLANTHE, DER SAU,
ERREICHEN WIR DAS WELTNIVEAU ! ! !

Böse Zungen behaupteten sogar, zunächst hätte dort gestanden:

MIT FLORA DIE KUH UND JOLANTE DIE SAU
ERREICHEN WIR DAS WELTNIVAU !

Sag da noch einer, man hätte hier nichts zu lachen gehabt! Wenn es auch traurig genug war, daß das schöne alte Schwerin um sein Weltniveau gebracht wurde und immer mehr Häuser in Verfall gerieten, man mußte nur seine Augen auftun und schon sah man, daß solcherart Großspurigkeit die seltsamsten Blüten hervorbrachte.
Wie seinerzeit in den Zeitungen zu lesen war, ist selbst der freiwillige, außerplanmäßige Neubau eines Buswartehäuschens im NAW (im nationalen Aufbauwerk) in unserem Fall im Schweriner Vorort Lankow:
„ein Schlag ins Gesicht der Bonner Kriegstreiber und ihrer NATO-Verbündeten" gewesen!
Die Politiker in Bonn, Brüssel, Paris, London und Washington müssen sich unheimlich darüber geärgert haben, als sie davon erfuhren!

Und so wurden um das Jahr 1970 zum 100. Geburtstag von Lenin denn auch dessen übermannshohe Bildnisse und entsprechende politische Losungen so zahlreich an den Betrieben und Hauswänden ausgehängt, daß schon niemand mehr hinsah.
Auch hierfür waren beispielsweise die Wände an der Bahnlinie passend zu gebrauchen. Fünf Meter hoch und breit war dort ein Bild mit seinem Kahlkopf aufgehängt, unter dem man ein Schild mit der Inschrift:
„100 Jahre" befestigt hatte.
Jedoch über dem Ganzen stand noch aus alten Zeiten in viel größeren Buchstaben unübersehbar:
„NIMM EXLEPENG!", was einmal als Werbung gedacht war und nun dieses Ensemble abrundete.
So mußte Lenins Kahlkopf ein volles Jahr hindurch als Werbung für dieses bekannte Haarwuchsmittel herhalten und niemand hatte gewagt, diese hintersinnige Kombination abzuändern!
Es ist nicht bekannt geworden, ob der Verkauf von „Exlepeng" in Mecklenburg seitdem besser florierte.
Wer wollte, konnte auch diesen Zeiten allerlei Wunderliches und Ergötzliches abgewinnen!

Edi Hamelbein weiß sich zu helfen

Noch ist es nicht vergessen, daß es zu Zeiten der DDR in Rostock vieles gab, was es gar nicht gab - oder doch nur ab und an und als sogenannte Bückware, weil es unter dem Ladentisch und nur für gute Freunde hervorgeholt wurde.
So war die Versorgung mit Gemüse und frischem Obst zumeist dürftig. Nektarinen und Kiwis waren gänzlich unbekannt. Dies galt auch für Kokosnüsse
Letzterer Mangel sollte sich kurioserweise so auswirken, daß beinahe der dringend notwendige Export von Frachtschiffen für frei konvertierbare harte westliche Währung in Gefahr kam.
Für die Jüngeren und auch für Westdeutsche muß dies nun schon vorweg geschickt werden, um zu verstehen, daß der wahre Reichtum der ostdeutschen Republik in seinen Arbeitern und Ingenieuren, hellen Köpfen und fixen Jungs wie Edi Hamelbein bestand.
„Junge", sagte sein Vater zu ihm, *„alles kann der Mensch nicht wissen, aber wenn du dir nicht allzeit zu helfen weißt, dann hast du Schacht verdient! Wart nur, wenn ich wieder an Land komme!"*
Das waren die letzten Worte, die Edwin Hammerich von seinem Vater zu hören bekam, als der wieder an Bord von der „Stella Maris" ging, mit der er dann auf ihrer letzten Reise in der stürmischen Biskaya unterging. Ihm klang das fortan wie sein Vermächtnis in den Ohren.
Damals war Edwin gerade in die siebente Klasse gekommen. Das war just die Zeit, als der staksige Blondschopf seinen Ökelnamen wegkriegte: Edi Hamelbein. Aber ein döschiger Schafskopf ist er niemals gewesen. An diese letzten Worte seines Vaters hat er sich immer gehalten und ist gut gefahren damit. Allerdings nicht zur See, wie er es zunächst im Sinn hatte.

Man möchte zwar meinen, daß die Welt einem hellen Warnemünder Jungen weit offen steht. Jedoch zwei ältere Brüder waren nach Westdeutschland geflüchtet und dort zur See gegangen. Das reichte für einen entsprechenden Vermerk in seiner Personalakte und durchkreuzte seine Pläne. Ins Ausland durfte er künftig nicht, also war es nichts mit der Seefahrt!
So ließ er sich die Seeluft auf der Warnemünder Schiffswerft um die Nase wehen, wurde Schiffbauer und gar Meister und ließ sich dabei immer aufs Neue etwas einfallen. So einen Mann mit anschlägschem Kopf konnte man unter dem Kabelkran bestens gebrauchen. Auch ihm war es zu verdanken, daß ein Schiffsneubau nach dem andern termingerecht und in international anerkannter bester Qualität zur Ablieferung kam und so manch Schiff mit dem Rostocker Greif in seiner Fahne den Globus umkreiste.

Doch dann kam der Tag, an dem auch Edi Hamelbein nicht mehr recht weiterwußte. Das war, als die „Madras" zu Wasser gelassen werden sollte.
Kam doch am Tage zuvor aus Indien so eine Art Priester angereist mit einem Turban, der war ja wohl aus 20 Metern Stoff.
„Das Schiff soll nach indischer Mode getauft werden", bestimmte der. Das wollte er besorgen und Edi sollte ihm dabei zur Hand gehen.
Zugleich mit ihm wurde noch ein ganzer Schwung Inder eingeflogen, die bei dem Schauspiel dabeisein sollten und gewiß darauf achteten, daß auch alles bei der Schiffstaufe so abläuft, daß die „Madras" von den indischen Seegöttern keinen Schaden nimmt.
Auch beim Stapellauf müsse alles akkurat so vor sich gehen wie bei ihnen zu Hause in Indien. Edi ließ sich das genau erklären, was dabei zu beachten ist. Und nun kam es heraus!
„Eine Sektflasche", sagte der Priester, *„kommt dafür nicht in Frage. Das erlauben die indischen Seegötter nicht!"*
Edi schlägt *„Stolitschnaja"* vor, den Moskauer Klaren, der haut doch auch hin. Oder *„Mann un Fru"*, den Kümmel von Conrad Lehment, der

für Rostocker Qualität ebenso einsteht wie der Schiffbau.
Doch das geht auch nicht! Die können einfach nichts ab da unten. Ist das die Möglichkeit!

Die „Madras" hätte nur Glück, wenn sie mit Kokosmilch getauft wird, verdammi noch mal! Dafür soll Hammerich nun schleunigst sorgen. Dscha, das tu mal einer auf der Stelle und das am Abend vor der feierlichen Schiffstaufe nach indischer Mode! In ganz Rostock, ja, gewiß in der ganzen DDR wird doch keine Kokosmilch aufzutreiben sein!
Edwin kennt zum Glück einige Fahrensleute, die den richtigen Riecher für alles haben, was man so braucht und doch nicht alle Tage zu sehen bekommt. Bei ihnen macht er die Runde. Die hatten auch so manche Flaschenetiketten vorzuweisen, aber Kokosmilch hatte keiner.
Er sollte sich noch schnell ein paar ganze Kokosnüsse besorgen, riet ihm schließlich einer, wenn's auch nicht leicht fällt, da ranzukommen. Ja, das war ein guter Rat! Aber wo kriegt man die nun wieder her? Drüben in Dänemark, schießt es ihm durch den Sinn! Jochen Wittmütz fährt doch als Maschinist auf dem Fährschiff nach Gedser! Der muß ihm Kokosnüsse mitbringen!
Er überlegt. Abends gegen elf Uhr läuft die Fähre aus dem Warnemünder Hafen aus, um fünf Uhr morgens soll sie wieder in den Hafen einlaufen. Um acht ist der Stapellauf! Hurra! Die Zeit wird reichen. Die Taufe ist gerettet!
Allerdings, stellen sich nun Bedenken ein. Jochen wird es nicht ganz einfach haben, sie zu beschaffen, jetzt, mitten in der Nacht. Doch der schafft das schon! Wenn überhaupt, dann der! Wozu gibt es denn ein Telefon? Er wird ja wohl einen guten Freund auf der anderen Seite der Ostsee habe, der sie ihm besorgt. Edi saust ab wie die Feuerwehr und Jochen nimmt die Sache auch wirklich in die Hand. Mehr ist vorerst nicht zu machen.
Punkt fünf Uhr früh steht Edi verklammt am Schlagbaum beim Zoll am Warnemünder Fährhafen und wartet auf seine Kokosnüsse.

Endlich kommt Jochen Wittmütz und schlenkert schon von weitem mit einem prall gefüllten Beutel. Er hat sie! Fünf Stück, eine größer als die andere.
„Bei 'Tante Paula' am Warnemünder Strom werden wir wieder quitt, nächsten Sonnabend, dann bleib ich an Land", meint er noch. *„Ostmark will ich nicht haben für diesen Schatz".*

Dies ist ja noch einmal gut abgegangen! Edi grabbelt sich die größte Nuß aus dem Beutel. Ein ganz schöner Brollax ist das. Wieviel Milch mag wohl darin sein? Und die Schale! Ganz schön dick.
Er wiegt das Ding in seiner Hand.
Mann o Mann! Wird es wohl gutgehen damit? Wie oft will der Priester das Ding wohl gegen den Schiffsbug ballern, damit die Milch daran herabfließt?
Das müßte man doch mal proben, er hat ja genug davon! Besser ist besser! Man weiß dann, wie alles abgeht.
Er schmeißt eine Nuß auf die Erde.
Das ist auch sein Glück! Nichts passiert, sie bleibt heil! Kein Tropfen Milch läuft aus.
Er knallt sie jetzt mit Wucht gegen die Wand. Wieder nichts.
Nein, so geht das nicht! So kann aus der indischen Tauferei nichts werden. Das Aas hat ja ein derart dickes Fell, es bricht nicht auseinander!
Edi Hamelbein jedoch weiß sich zu helfen.
Man müßte die Nuß anbohren, ist sein erster Gedanke. Er muß ohnehin an seinem Gartenhaus vorbei, wenn er nun zur Werft will. Dort angekommen, nimmt er aber doch lieber gleich eine Säge zur Hand.
Uff, das ist gar nicht so einfach, dem Ding beizukommen, stellt er fest.
Er fiedelt und fiedelt.
Doch nichts kommt heraus, keine Kokosmilch, nicht sauer noch süß!
Endlich hat er es geschafft und die beiden Hälften in der Hand.
Da haben wir die Bescherung! Die eine Hälfte ist leer, in der anderen ist alles zusammengelaufen und hart.
Wir sind angeschmiert! Die Dinger sind ja wohl uralt!

In der zweiten schaut es genau so aus, als er sie durchgesägt hat. Was nun? Was würde der indische Priester damit anfangen? Würde er sich im Brass seinen 20-Meter-Turban vom Kopf reißen und die feierliche Schiffstaufe fällt ins Wasser?
Dann würde dies gewiß der letzte Schiffsneubau der DDR-Werften für Indien gewesen sein!
Aber nein, Edi Hamelbein ließ sich wieder etwas einfallen!
Doch schnell mußte es jetzt gehen, die Zeit lief ihm schon davon. Nun war es bald sieben Uhr - in einer Stunde wurde es ernst!
Doch er schaffte es.

Als die Musikkapelle ihre Marschmusik schmettert und die Reden geschwungen werden, steht Edwin Hammerich stur wie ein Baum neben der Botschafterfrau in ihrem bunten Sari oben auf der Taufkanzel und gibt ihr zu der original indischen Schiffstaufe die buntbebänderte Kokosnuß so in die Hand, daß man nicht sieht, daß dort ein Pfropfen in einem kleinen Bohrloch steckt.
Beinahe bleibt ihm die Luft weg, als die Nuß dann auch noch weitergegeben wird - an den Priester mit dem Turbangebilde, der inmitten der bunten Gesellschaft aus Indien allerlei Fisematenten anstellt, was ja von wegen der indischen Seegötter so sein muß.
Edi muß sich ganz schön zusammenreißen.
Hält der Pfropfen auch lange genug? Hat er auch nicht zu tief gesägt, daß das Ding womöglich schon jetzt auseinanderfällt?
Laut wird da schon der Schiffsname gerufen und die Kokosnuß fliegt mit Schwung gegen den Bugwulst. Mit Macht fällt die Musik ein, und ringsum brandet der Beifall auf, während man hoch oben die Persenning beiseite zieht und auch dort der Name des Schiffes sichtbar wird.
„Stopper los!"
Das Kommando geht unter in dem gewaltigen Gerumpel, als sich der mächtige stählerne Schiffsleib auf Schmierseife und Fett erst langsam und dann immer schneller wasserwärts in Bewegung setzt.
Alles, was Sirene und Dampfpfeife besitzt, läßt sich nun im Hafen hören.

Niemand sieht den kleinen Pfropfen beiseite springen, als die Nuß aufgeht und aus ihr in einem langen weißen Streifen am Schiff entlang rinnt, was jedermann für Kokosmilch hält.
Selbst die indischen Seegötter haben sich damit zufrieden gegeben, denn die „Madras" ist bislang glücklich über alle sieben Weltmeere geschippert.
Allein Edi Hamelbein weiß, daß dies doch nur sein wasserverdünnter Rest an weißer Latexfarbe aus dem Gartenhaus war, den er dort noch vorgefunden hatte! Die tat es also auch!

Allerdings muß man abschließend eingestehen, daß dieses zwar eine Geschichte aus der DDR-Zeit ist, daß aber alle genannten Namen verändert wurden.
Denn noch schwimmt die „Madras" ja.
Aber wenn es in Indien herauskommt, was hier erzählt wurde und es sich dort in der unchristlichen Seefahrt herumspricht, wird sich ja wohl auf dem ganzen Subkontinent kein Seemann finden, der bereit wäre, noch auf diesem Schiff anzuheuern - wegen der indischen Seegötter, versteht sich, die ja wohl böse werden, wenn sie erfahren, daß auch sie von Edi Hamelbein angeführt wurden, der sich in seiner Not wieder einmal zu helfen wußte.

Teterower Rathaus und Kirche

Neues aus dem Mecklenburgischen Schilda

Jedes Ding auf Erden hat zwei Seiten, sagt man. Diese alte Weisheit sollte man besser nicht bestreiten. Wie man zur DDR-Zeit erzählte, waren die Teterower in unserem Mecklenburgischen Schilda aber anderer Meinung.

In der Bergringstadt stand das 725ste Jahr seit ihrer Gründung an. Welch ein willkommener Anlaß, dieses Ereignis auch gebührend festlich zu begehen, meinte man durchweg in der städtischen Bürgerschaft.

Also aktivierte man beizeiten die örtlichen Organisationen, Schulen und Betriebe, den Festtag vorzubereiten.

Gar bald wurden allerlei Selbstverpflichtungen zu Renovierungsmaßnahmen bekannt, erhofften sich die Hauseigentümer doch dadurch Freigabescheine für den Bezug des benötigten Baumaterials und die Zuweisung von Handwerkerkapazitäten.

Für junge bzw. westdeutsche Leser sei erläutert, daß Baubetriebe und Handwerker nur mit dieser staatlichen Erlaubnis, in gewissem Umfang auch Erhaltungsmaßnahmen an Privatgebäuden ausführen durften.

So ist es nicht verwunderlich, daß auch der Kirchenvorstand das bevorstehende große Heimatfest als eine willkommene Gelegenheit ansah, die Neudeckung des schadhaften Kirchendaches zu beantragen.

Dafür hatte man seit geraumer Zeit die benötigten Geldspenden zusammengetragen. Bisher war die Erlaubnis, Handwerker hierfür zu gewinnen, aber immer wieder von den staatlichen Planungsorganen zurückgestellt worden.

Die schmucke Peter-Pauls-Kirche, die das Stadtzentrum würdevoll dominiert, könnte schließlich alle Teterower Jubilare erfreuen!

Im Rathaus tagte der Bauausschuß.

Der Kirchenbeauftragte der Kreisverwaltung hatte grünes Licht für die

kirchliche Baumaßnahme gegeben.
Da der Rat des Kreises nickte, könne auch in diesem Stadtgremium eine Zustimmung nicht ausbleiben, meinte man zunächst.

Aber dann machte man eben doch Bedenken dagegen geltend. Auch das unweit der Kirche gelegene Rathaus am Marktplatz wies Mängel auf, die doch ebenfalls abgestellt werden müßten. Man könne doch nicht zulassen, daß Dacharbeiten hieran unterbleiben, während sogar die Kirche sich der besonderen Förderung im Sozialismus erfreut! Nein, das Gotteshaus dürfe dem Rathaus nicht vorgezogen werden!
Also suchten und fanden die Teterower Schildbürger einen Kompromiß, wie man ihn nur hier zustande bringen konnte - jeweils die Hälfte der Dächer dieser beiden größten Gebäude der Stadt sollte erneuert werden. Dazu könnten die Handwerker umgehend mit ihrer Arbeit beginnen.
Gesagt, getan, stolz bewunderte man schließlich das Ergebnis, das rechtzeitig zum Jubiläumstage von der Leistungsfähigkeit der DDR–Wirtschaft kündete - je eine Dachseite zur Straßenfront war schmuck anzusehen, wenn es im Ganzen auch nur Stückwerk blieb!

Aber es gab kurz vor dem Jubiläum noch eine überraschende Entdeckung!

Das Festkomitee, das für die Einwohner und Gäste den festlichen Umzug durch das Stadtzentrum zu organisieren hatte, wurde darauf hingewiesen, daß seine Planung dem Ansehen der Deutschen Demokratischen Republik nicht gerecht würde.
Es war nämlich festgelegt, den Festumzug südwärts um die Kirche herumzuführen, aber nur die Nordseite des Kirchendaches war aufgrund des oben genannten Beschlusses umgedeckt worden.
Man würde diese Errungenschaft des „Realen Sozialismus“ gar nicht würdigen können!
Demzufolge gab es unter den Verantwortlichen große Aufregung und auch Auseinandersetzungen. Manche SED–Genossen hätten es nämlich

sowieso lieber gesehen, wenn die Kirche sich nur unscheinbar hinter ihrem prächtigen Rathaus duckt und sie hätten diese gern weiterhin unbeachtet im wahrsten Sinne des Wortes links liegen gelassen.
Aber andererseits stellte die Kirchenreparatur einen ansehnlichen Posten im „Buch der guten Taten" für das Stadtjubiläum dar, hieß es - dem müsse man doch schließlich auch Rechnung tragen.
Solcherart Lokalpatrioten gewannen glücklicherweise die Oberhand und der Festausschuß beschloß demzufolge, daß der Festumzug nun nordwärts um das Kirchengrundstück herumgeleitet werden soll. Dann hätte doch jedermann den rechten Anblick von dem Ergebnis sozialistischen Bürgerfleißes!
Den SED–Genossen aber bliebe es überlassen, ob sie ihre Blicke von diesem Stein des Anstoßes abwenden. Religion sei eben Privatsache.

Wir wollen nicht verschweigen, daß derlei Beschlüsse auch in Teterow selbst belächelt wurden, sollte doch so nur die Schokoladenseite der DDR–Errungenschaften vorgezeigt werden. Man wußte sehr wohl, die Kehrseite der Dächer und des Alltagslebens wurde nicht nur hier ignoriert.
„Das wurde alles so beschlossen!" - mußte man sich, wie überall, auch in dieser Stadt sagen lassen.
So gedieh dieses Jubiläum in der Bergringstadt ganz offensichtlich zu einem realsozialistischen Schildbürgerstreich.
Denn klug war offenbar auch in Teterow unter den roten Fahnen nur derjenige, der sich damit zufrieden gab:

Was ich nicht sehen will, geht mich nichts an,
und
was ich nicht weiß, macht mich nicht heiß!

Sankt Bürokratius‘ Meisterstück

Wo hätte Sankt Bürokratius sein Meisterstück auch besser liefern können als in Mecklenburg, wo doch bekanntermaßen alles gemächlicher seinen Gang geht?!
Es ist es doch tatsächlich im Jahre 1967 in Warin dazu gekommen: es mußte eine neue Akte angelegt werden, die einen vor fast 200 Jahren begonnenen Vorgang endlich zum Abschluß bringen sollte.

„Swensonscher Hauskanon" stand in altertümlich geschwungenen Buchstaben auf dem vergilbten Pappdeckel im Wariner Pfarrhausarchiv, der über die Jahrhunderte all das enthielt, was die Erbzinszahlung für ein kleines Hausgrundstück gegenüber der Stiftskirche betraf.
Nein, von Begeisterung konnte keine Rede sein, als der jüngst zugezogene junge Pastor sich auftragsgemäß mit dem Aktenbündel befassen mußte.
Dessen ältesten, kaum noch leserlichen Blättern war zu entnehmen, daß die längst verblichenen Vorfahren der Familie Swenson im Jahre 1777 ihr Grundstück zu einem Vorzugspreis von der Kirche erworben hatten. Offenbar waren sie seinerzeit aber nicht in der Lage, den geforderten vollen Betrag aufzubringen.
Dem Kaufvertrag gemäß hatten sie dadurch in allen Generationen seitdem einen Kanon, eine jährliche Geldleistung, abzuzahlen und das auch richtig über 170 Jahre getan. Die Quittungen darüber waren säuberlich abgeheftet.
Allerdings, nach dem zweiten Weltkrieg haben Swensons, deren Nachkommen noch immer das Häuschen bewohnten, nicht ganz ohne Absicht die Bezahlung eingestellt, die sie doch nicht in alle Ewigkeit leisten wollten.

Die Kirchenkreisverwaltung aber gab sich damit nicht zufrieden, Mahnungen wurden geschickt und eine vierteljährliche Ratenzahlung wurde angeboten. Von allem lagen Abschriften vor, hatten sich damit doch die verschiedensten örtlichen und übergeordneten Instanzen befaßt: Pastor, Ökonom, die Superintendentur in Wismar und die Landeskirchenverwaltung in Schwerin.
In den jährlichen Kassenprüfungsmonituren und Jahresrechnungsüberträgen erschien der Rückstand seitdem nun immer wieder mit dem Hinweis, daß die Bemühung um die Eintreibung offensichtlich nicht energisch genug betrieben wurde.
So war es dann der neue Pastor, auf dessen Schreibtisch Monituren und Mahnungen an seine Amtspflicht sich erneut einfanden.
Mehrmals kam zu seiner Unterstützung aus dem 40 Kilometer entfernten Crivitz der Ökonom mit seinem alten Trabbi, traf jedoch bei Swensons niemand an und bei dem Wariner Pfarrherrn auf die Meinung, man solle derart geschichtsträchtige Angelegenheiten doch endlich auf sich beruhen lassen.
Dies wurde nun auf dem Verwaltungswege „nach oben" gemeldet und ließ Sankt Bürokratius natürlich nicht ruhen!

Sankt Bürokratius war der junge Mann ohnehin schon aufgefallen, hatte er doch das kirchliche Verwaltungsamtsblatt 11/66 glatt ignoriert, das allen Pastoren im Lande aufgab, die mecklenburgischen Schleiereulen in ihren Pfarrbereichen zu zählen und zu melden.
So gab es nun neuen Anlaß, ihm Beine zu machen! Gab es für den neuen Pastor denn nichts Wichtigeres, um seine Gemeindeglieder kennenzulernen und nach Möglichkeit den vielen an ihn gestellten Erwartungen nachzukommen, als durch Felder und Fluren und in Kirchtürmen und Dachböden herumzuschweifen und Eulen zu suchen . . . ?
Aber nein, alle drei Monate, jeweils am sechstenTag des neuen Quartals flatterte ihm eine Mahnung „in Sachen Kanon Swenson" auf den Tisch. Desweiteren informierten Abschriften darüber seine Vorgesetzten in Wismar und Schwerin.

So war es auch nicht verwunderlich, daß „die Akte Swenson" 1967 so sehr angeschwollen war, daß ein neuer Aktendeckel her mußte, der seine Bemühungen um die Eintreibung der antiquierten Hauszinsschulden dokumentieren sollte.
Der heiße Sommer dieses Jahres gab ihm auch endlich Gelegenheit, im Archiv herumzustöbern und in Sachen Swenson, Schulstraße 13, seine heimatgeschichtlichen Ermittlungen anzustellen, ob die Zahlung über so einen langen Zeitraum überhaupt rechtens sei, denn Unrecht sollte den Bewohnern des Häuschens doch nicht geschehen.
Eine Ruhrepidemie hielt die Stadt nämlich in Atem, über der eine Wolke von Chlor hing. Quarantäne war angesagt, niemand wagte sich vor die Tür.
So war endlich etwas Zeit, die Akten zu studieren und sich zu bemühen, mit der alten Frau Swenson handelseins zu werden, sodaß Sankt Bürokratius beiden nicht länger im Nacken säße!
Nachdem er seine ganze Beredsamkeit aufgewandt hatte, war die alte Frau auch einsichtig und zu einer abschließenden Regelung bereit.
Auf einem langen Dienstweg mit Abschriften für alle Beteiligten konnte der Mecklenburger Kirchenleitung der Vorschlag gemacht werden, daß die Frau statt für ewige Zeiten den Kanon zu zahlen nun eine einmalige Ablösesumme erbringt.
Doch würden sich die Bürokraten damit zufriedengeben?
Nach und nach gingen die Zustimmungen ein: zuerst von Luden Voss, dem Crivitzer Kirchenökonomen, dann vom Wismarer Landessuperintendenten Dr. Steinbrecher. Der Schweriner Sachbearbeiter im Oberkirchenrat war auch einverstanden, nachdem er die Zustimmung des zuständigen Juristen eingeholt hatte.
Schließlich und endlich wurde festgesetzt, daß der Hauskanon abgelöst sei, wenn die alte Frau Swenson für hundert Jahre im Voraus bezahlen würde. Dann sei ihr auch alles erlassen, was sie seit Ende des 2. Weltkrieges schuldig geblieben war.
Am letzten Tag des Jahres hatte der Ortspastor dies alles glücklich beisammen.

Sankt Bürokratius lächelte dem Wariner zu, konnte er das Aktenbündel doch nun endlich schließen und archivieren! Allerdings war ihm absolut nicht zum Lachen zumute!

Wieso?

Lassen wir die Zahlen sprechen, um Pastor loci zu verstehen:

Vor gut 190 Jahren, 1777, hatte der Hauskanon ganze vier Schillinge betragen! Zahlbar für ein volles Jahr, versteht sich!

Dies war später in 48 Reichs-Pfennige umgewandelt worden. In die Kirchenkassenbücher wurde der ausstehende Betrag alle Vierteljahr mit zwölf Pfennigen Restschuld eingetragen und als solche summiert, wenn keine Zahlung einging .

Die ganze Schuldeneintreiberei betraf demnach ganze vier (4 !!!) Pfennige pro Monat!

Die einmalige Ablösung, die man nun mit soviel Mühe und Aufwand bis zum Jahre 2066 aushandelte, belief sich also auf 48 Mark der DDR.

Was aber hatte die ganze Prozedur doch an Geld und Arbeitszeit aller Beteiligten gekostet!

Der Eingang des genannten Betrages wird hiermit allen gegenwärtigen und künftigen Bewohnern des Hauses Schulstraße 13 in Warin gerne bestätigt.

Kaum zu glauben, daß so etwas noch im Jahre 1967 geschehen konnte! Sankt Bürokratius hat wahrhaftig sein Meisterstück bei uns in Mecklenburg geliefert!

Aufklärung über die Aufklärung

Eine gewisse Passage dieser Erzählung wird der auf Takt und Anstand Bedachte hier im original Mecklenburger Platt vorfinden, verfügt das Hochdeutsche doch schlichtweg nicht über einen adäquaten Wortschatz. Er wird dafür sicherlich Verständnis haben - der Schicklichkeit wegen.

Also, die DDR war als eigener ostdeutscher Staat gegründet und die führende, alles beherrschende Partei setzte nun alles daran, auch die Jugendlichen darüber aufzuklären, was für ihre Zukunft in dem neuen Staat für jeden von Nutzen oder Schaden sei.
Dazu wurden Jugendweihestunden eingerichtet, in den Schulen emsig dafür geworben und nebenbei gedachte man, mit dieser Einrichtung auch den kirchlichen Einfluß auf die Jugendlichen zu verhindern.
In Warin, so meinte man in der Sozialistischen Einheitspartei, der SED, ginge es mit diesem Vorhaben nicht flott genug voran. Das war für die Genossen der Kreisleitung ein Zeichen dafür, daß auch die Eltern dort noch mehr Aufklärung nötig hätten, und der Herr Kreisschulrat aus Sternberg übernahm es höchstpersönlich, dafür zu sorgen.
So wurde in dem größten Saal der Stadt eine Versammlung der Eltern aller Schulabgänger angesetzt. Es sprach sich schnell in der Stadt herum, daß auch der Wariner Kirchgemeinderat dazu mobil machen wollte, um den Eltern der Konfirmanden bei ihrer Argumentation gegen die Agitation der Jugendweihewerber Beistand zu geben.
Heiner Jahn, der hier schon gut 35 Jahre Pastor war, hatte sich hierzu als Verstärkung sogar einen gelehrten Kirchenmenschen aus Wismar kommen lassen.
Und so war jedermann gespannt, wie die Auseinandersetzung, zu der es ja wohl kommen mußte, ausgehen würde.

Der Saal der Gaststätte „Zur Linde" war proppenvoll: 200 Frauen und Männer. Mit der ihm eigenen Würde bestieg der Schulrat die Bühne und verschanzte sich hier hinter dem Rednerpult. Er meinte ja, so manches Gegenargument zu kennen - also packte er den Stier bei den Hörnern: *„Es geht in der Jugendweihe nicht nur um den feierlichen Abschluß der Schulzeit, der Jugendzeit. Das zwar auch, aber vielmehr noch um den Abschluß der wissenschaftlichen Aufklärung unserer künftigen Staatsbürger, damit sie sich lossagen können von überholten, reaktionären Anschauungen und fest und entschlossen den Aufbau einer neuen, sozialistischen, ja am Ende kommunistischen Gesellschaft in Angriff nehmen.*
Kinder, die da nicht mitmachen und sich von der Jugendweihe ausschließen, passen nicht in den neuen DDR-Staat!" Er machte eine Pause.
Die Katze war aus dem Sack.
„Rumms-bumms, rumms-bumms" ging es, als alle still und gebannt lauschten. Weithin hörbar ging Pastor Jahn nun mit seinem Krückstock und seinem Holzbein, mit dem er sich seit dem ersten Weltkrieg behelfen mußte, nach vorne, um dem Redner Kontra zu geben.
„Das ist in Warin nicht nötig, daß wir auf diese Weise aufgeklärt werden, wir brauchen keinen Jugendweiheunterricht", donnerte er los, als wenn er auf der Kanzel seiner Kirche stünde.
„Vielmehr kommt mir das so vor wie vor 1945, als in der Hitlerzeit die Jugend auch darauf eingeschworen wurde, ja stets auf Kommando von oben zu hören und dazu rumzumarschieren - nämlich immer an der Kirche vorbei. Am Ende hat sich doch gezeigt, daß sie den Falschen nachgelaufen sind. Der russische Stadtkommandant hat mich geradezu genötigt, die Kirche wieder aufzumachen und die Kinder zu unterweisen, sogar in der Schule!
Und jetzt wird der Pastor wieder auf Weisung des Herrn Kreisschulrats aus der Schule hinausgeworfen und die Kinder werden angewiesen, auch um das Pfarrhaus einen Bogen zu machen, wenn Konfirmandenstunde ist, weil sich dies nicht mit der Jugendweihe verträgt.
Lieber läßt man die Landkinder zwei Stunden bei Wind und Wetter auf

dem Schulhof herumgammeln, bis der Schülerbus sie wieder auf die Dörfer fährt. Nein, dies ist keine Aufklärung, dies ist vielmehr Volksverdummung und gegen die Verfassung, die doch Religionsfreiheit garantiert!"
Böse bullerte er mit Krücke und Holzbein gegen die Dielung.

Oben auf der Bühne quittierte der Schulrat seine Rede mit saurer Miene, fertigte den Pastor dann aber eiskalt ab: *„Was wollen Sie denn hier überhaupt? Provozieren?*
Ihnen wird doch auch nicht in ihre Predigt in der Kirche hineingeredet. Da können Sie ja sagen, was Sie wollen, auch wenn das Düskram ist, steht doch in Ihrer Bibel ganz unwissenschaftlich, daß die Menschen aus dem Paradies gekommen sind und Adam aus Lehm gemacht ist und Eva aus seiner Rippe.
Nein und abermals nein! Die Kinder müssen richtig aufgeklärt werden, woher die Menschen kommen, das steht dem Pastor nicht zu!
Und was die Verfassung angeht, so ist sie letztlich so zu verstehen: daß die Freiheit der innerkirchlichen Kultausübung und der öffentlichen antireligiösen Propaganda gewährleistet ist, wie es Wort für Wort ganz deutlich im Bruderland, in der Verfassung der großen Sowjetunion, heißt. Dieses klar zu machen, ist Staatsauftrag für Lehrer und Jugendweihestunden. Dies sollte man sich auch in Warin hinter die Ohren schreiben!"
Parteigenossen und Lehrerschaft, die vorne in den ersten Reihen saßen, nickten eifrig. Hinter ihnen war man in dem großen Saal nur solange ruhig geblieben, wie Heiner Jahn sprach. Als der Schulrat jedoch immer schärfer ausführte, wie nötig gerade in Warin die Aufklärung über die Ziele des neuen Staates sei, machte sich Unruhe breit.

Man sah sich nach dem Wismarschen Kirchenexperten um. Der kam dem Redner nun mit gelehrter Beredsamkeit. *„Sie, Herr Kreisschulrat, müssen wohl auch selbst aufgeklärt werden, wenn Sie die Wissenschaften mitsamt Friedrich Engels und Karl Marx,*

mit Feuerbach und Darwin ganz für sich pachten wollen. Denen hat man doch schon vor 100 Jahren Bescheid gesagt.
Auch was die Bibel anlangt, ist ihnen offenbar Aufklärung nötig darüber, daß nichts von nichts kommt. Nach der Heiligen Schrift ist der Mensch erst wirklich Mensch, seit er weiß, wem er sein Leben verdankt und wem er verantwortlich ist. Und erst seitdem verhält er sich wie ein Sohn zu seinem Vater, zu unserm Schöpfer. Der Evolutionslehre tut das keinen Abbruch.
Übrigens sind die Eltern der Kinder noch immer gut genug und zuständig gewesen, den Kindern zu sagen, woher der Mensch kommt und vor wem wir unser Leben zu verantworten haben, jeder einzelne für sich. Herr Schulrat, geben Sie doch endlich zu, daß Sie die Kinder nur für Ihre Parteipolitik vereinnahmen wollen - für den Kollektivismus im Kommunismus!
Ich will Ihnen gerne verdeutlichen, daß damit die Gottlosenpropaganda zusammenhängt", fügte er hinzu. Aber dazu kam es nicht.

Der Kreisschulrat war zusehens ärgerlich geworden. *„Das ist nicht Sache der Kirche, darüber zu befinden"*, fuhr er dem Kirchenmann ins Wort. *„Dafür sind wir zuständig und zwar, daß den Jugendlichen das wissenschaftlich bewiesen wird, daß die Arbeit den Menschen zum Menschen macht!"*
Da es zunehmend unruhiger wurde im Saal meinte er nun, daß es an der Zeit wäre, die Dinge auf die Spitze zu treiben, damit seine Kontrahenten nicht womöglich die Oberhand gewönnen.
„Und die Menschen lenkt hierzulande die Partei, der Vortrupp der Arbeiterklasse. Allein durch diese werden sie befähigt, den Sozialismus entsprechend den Gesetzen des historischen Materialismus in unserem Land aufzubauen!
Bei der Jugend müssen wir damit beginnen, dem dient die Jugendweihe. Aber auch viele der Älteren haben das wohl offenbar noch nicht kapiert!"
Im Übereifer merkte der Schulrat nicht, daß er mit seiner letzten Bemer-

kung über das Ziel hinausschoß, denn damit zog er sich den Ärger der Eltern zu.
War manches Gesagte vielleicht auch über die Köpfe dieser und jener Zuhörer hinweg gegangen, zu welch ideologischen Positionen sie und ihre Kinder durch politische Schulung geführt werden sollten - so wollte man sich in Warin von diesem Sternberger denn doch nicht für dumm verkaufen lassen, daß man seiner Aufklärung noch bedürftig sei.
Schon machte man seinem Ärger Luft!

Als erste kam dabei eine Frau zu Wort: *„Der Schulrat meint also, man braucht hier mehr Aufklärung"*, begann sie. *„Was das für eine Aufklärung ist in der Schule, das weiß ich aus eigener Anschauung. Ich habe dort im vergangenen Jahr als Reinigungskraft gearbeitet, auch in den Toiletten. So ein Schweinkram ist gar nicht wiederzugeben, der da an die Wände gekritzelt ist!*
Nein, Aufklärung bleibt am besten weiterhin Sache der Eltern. Ich habe selbst fünf Schulkinder, mir kann der Herr da oben nicht noch erzählen, woher die Kinder kommen!
Dazu brauchen wir als Eltern keine Aufklärung von Ihnen und keine Jugendweihestunden für unsere Kinder!"
Sie schnappte aufgeregt nach Luft, ließ sich aber nicht unterbrechen. Sogleich fuhr sie fort:
„Und dann sollen unsere Kinder dort in der Jugendweihestunde ja auch noch in der Affenbibel lesen, die ihnen in der Abschlußfeier übergeben wird. 'Weltall, Erde, Mensch' heißt das Ding ja wohl. Darin steht, daß die Menschen von den Affen abstammen, pfui Teufel!
Wenn der Herr Kreisschulrat das von **sich** *meint, dann soll er das meinetwegen. Aber das stimmt doch vorn und hinten nicht! Und so stimmt denn all das andere auch nicht, was man den Jungen und Mädeln dort mit solcherart Büchern beibringen will!"*
Grete Ratzke war in der Kleinstadt bekannt dafür, daß sie nicht auf dem Mund gefallen war. Aber eine so lange Rede, noch dazu vor so vielen hohen Herrschaften, hatte sie noch niemals gehalten. Der Jugendweihe-

propaganda entgegenzutreten, meinte sie ihrem Herrgott und ihrer Helga schuldig zu sein. Sie machte eine kurze Pause und prüfte die Wirkung ihrer Worte. Es zeigte sich, beim Schulrat kam sie nicht gut an.
„Liebe Frau," begann er seine Replik, *„meine liebe Frau, die Wissenschaft hat erwiesen, daß der Mensch nun mal vom Affen abstammt und ihre Kinder . . ."* Weiter kam er nicht.

Da hatte er aber was gesagt. Bei Frau Ratzke hatte er auf den Nerv getroffen! Ihre Stimme schnitt ihm scharf und schrill das Wort ab. *„Wenn Sie das beweisen können, dann will ich ja klein beigeben. Ich bin ja wohl nur eine dumme Frau in ihren Augen! Aber so dumm bin ich denn doch nicht, ihnen dies abzunehmen.*
Sie kneifen doch sowieso, ihre Abstammung vom Affen gleich hier zu beweisen! Affen haben doch einen Schwanz, dann müssen sie doch auch einen haben!"
„Her dormit, Herr Schaulrat! Büxen dal! Wiesen s' em uns vör! Süss glöben wi sei gor nicks mihr!"
„Ja, Büxen dal!", rufen im Saal noch mehr.
Selbst die Lehrer und Parteigenossen vorne in den ersten Reihen mußten in das Gelächter einstimmen, das nun allgemein laut wurde.
„Büxen dal!" Im Chor skandierten das jetzt verschiedene stehend in einer Saalecke. *„Los! Den' Stiert wiesen! Her damit, Herr Schaulrat!"* Und das nun auch auf Hochdeutsch!
„Ho-ho-ho-ho! Er will nicht! Erst groß reden und denn das!"
„Aufhören! Aufhören!" Es ging jetzt alles durcheinander.
Der Schulrat fuchtelte zwar beschwichtigend an seinem Pult mit beiden Händen in der Luft herum, konnte sich aber kein Gehör verschaffen. Auch Pastor Jahn versuchte es vergebens mit Stentorstimme, dem es doch um eine andere Art Aufklärung ging.
„Die wollen eure Kinder doch nur zum Kollektivismus anhalten, daß sie ihr Leben lang immer wie die dummen Schafe in der Herde mitmallen! So wie die Affen hinter ihrem Oberaffen! Immer rein ins Kollektiv, wie die Partei das verlangt! Das nennt der Aufklärung!"

Die ersten drängten auch schon zum Ausgang, war es inzwischen doch schon spät geworden und im Fernsehen wurde an diesem Abend noch ein Fußballspiel übertragen. Man hatte sein Vergnügen ja bereits hinlänglich gehabt - hatte doch Frau Ratzke es diesem Sternberger Oberlehrer tüchtig gegeben?!
Diese drängelte sich mittlerweile durch das Menschengewimmel nach vorne, wo der Kreisschulrat gerade von der Bühne herabstieg. Unversehens standen sich die beiden Auge in Auge gegenüber. Und sogleich hackte die Frau wieder auf ihn ein:
„Dat will ick Sei man seggen, hoger Herr! Dit behaupten Sei mi nich noch eins so lut, dat mien Kinner von'n Apen stammen! Ick bün lang nauch verheirat', üm to weiten, wo mien Kinner herstammen. Wenn mien Mann ok 'n dullen Racker is, ein Ap is hei nich!"
Der Angegriffene winkte resigniert ab und begab sich zu seinen Parteigenossen. Er hatte die Nase voll! Nein, auf diesem Niveau wolle er nicht noch länger diskutieren. Er gnurrte, hier in Warin müsse man andere Maßnahmen ergreifen, den Eltern beizukommen und die Kinder für die Jugendweihe zu gewinnen.
„Ihr werdet sehen, Genossen, alles geht seinen sozialistischen Gang!"
Er versprach's und verschwand samt Anhang durch den Hinterausgang.
Und so, wie er es soeben versichert hatte, kam es dann auch. Kurz danach wurde das Gerücht ausgestreut, Schulabgängern, die nicht die Jugendweihe nehmen, wird keine Lehrstelle vermittelt, sie werden ungelernte Hilfskräfte bleiben und gut bezahlte Arbeit gibt es dann nicht. Und zur weiterführenden Oberschule, in die zum Abitur berechtigenden Klassen, werden sie ohnehin nicht aufgenommen - also Studium und Karriere sind ausgeschlossen. Das hat gewirkt!
Die meisten Eltern haben sich von diesen Argumenten überzeugen lassen und ihre Kinder dann doch lieber in den Jugendweihestunden so aufklären lassen, wie es die Staatspartei SED verstand, eine Partei, die von sich behauptete, daß sie in allen Dingen immer recht hat.
Und - wie man sieht - sorgte sie auch auf ihre Art und Weise dafür, daß sie auch recht behielt.

Ausflug nach Stralsund

In Hasenwinkel sagen sich Fuchs und Has´ wirklich „Gute Nacht"! Und dann noch ein ganzes Stück weiter, hinter dem großen Forst an der Südgrenze Mecklenburgs, liegt Lämmersruh. Fremde finden sich dort nur durch Zufall ein.
Mit einer Ausnahme: Ankes Tanten aus Sachsen ließen sich von Rusch und Busch nicht abhalten, dort aufzukreuzen.
Das abgelegene Vorwerk hatte eine große Milchviehanlage bekommen und daneben für die dort Beschäftigten einen Zwölf-Familien-Wohnblock, der von den Architekten sicherlich eher für den Schweriner Großen Dreesch geplant war.
Wenn man so wie Horst und Anke schon zwei kleine Steppkes sein eigen nennt, hat selbst das weltvergessene Nest Lämmersruh mit seinem Plattenbau die Chance, ein Zuhause für wohnungssuchende junge Leute zu werden.

Heute hatten sie sich extra freigenommen, um die beiden Tanten in ihrem quittengelben Trabbi durch Mecklenburg zu kutschieren. Es sollte sogar noch ein Stück weitergehen - bis nach Stralsund, ins Meeresmuseum. Hätten sie gewußt, was das für ein Unternehmen würde – es wäre alles anders gekommen!
Über Waren, Teterow, Richtung Demmin steuerte Horst sie durchs Land. Nun wußten sie auch endlich, wo Gnoien liegt.
Der alte Stellmacher Wolter meinte doch zu Unrecht, daß dort die Welt zu Ende ist, denn das gilt ja nur für die Mecklenburger Eisenbahn.
Ihre Windmühle hatten die Gnoiener schmuck ausgebaut zu einer Gaststätte. Hier gab es ein feines Frühstück - und das erwies sich später als ein großes Glück! Sag also einer noch etwas gegen die Gnoiener! Das ist

gewiß jemand, der noch niemals dort war.
Nach und nach zeigte sich jedoch, daß die vier ihren Ausflugstag schlecht gewählt hatten, denn Regen setzte ein.

Je mehr sie sich in Vorpommern Stralsund näherten, um so deutlicher wurde, daß andere Leute ebenfalls die Absicht hatten, die alte Hansestadt zu besuchen. Die halbe Republik, so sahen sie an den Autokennzeichen, war ja wohl mit ihnen dorthin unterwegs.
In der Stadt angelangt, schauten sie dann auch vergeblich nach einer Parklücke aus. Also mußte man das Zentrum wieder verlassen und am Stadtrand nach einer Parkmöglichkeit suchen. Gleich gab es mächtiges Spektakel. Die Tanten schimpften lauthals, daß sie nun ein Stück des Wegs laufen sollten.
Hinter dem Knieper Damm hatten sie dann Glück. Sie konnten das Fahrzeug zwischen zwei „Wolgas" quetschen. Wie man den Trabbi dort wieder herausbekommen könnte, mußte man später sehen. Das Wägelchen konnte man ja auch beinahe beiseite tragen.
Nun ging es also los mit dem Schieben und Schubsen und Anrempeln und Meckern auf den schmalen Bürgersteigen. Hier stand eine Menschenschlange vor einem Eisladen, dort eine vor einer Wurstbude.
Schulklassen und Pioniergruppen mit ihren blauen Halstüchern drängten sich durch das Gewimmel und dann noch Tschechen, Ungarn und Polen und schließlich ein paar Stralsunder, die doch auch einmal zum Einkaufen auf die Straße mußten.
Und viele, viele Sachsen und Berliner nicht zu vergessen!
Die Tanten aus Sachsen hatten immer neue Wörter für diesen Zustand, der ihnen nicht zusagte. Von dieser Seite hatte Anke sie noch nicht kennengelernt. Dabei war dieser Volksstamm, wie überall wo die gute Seeluft weht, besonders stark vertreten und nicht ganz unschuldig an dem Gedränge hier.
An diesem verregneten Tag konnte man es allen auch nicht verdenken, daß sie nicht an den Strand gingen und sich dafür in Stralsund lieber die Fische im Meeresmuseum aus der Nähe besehen wollten.

Vor dem Eingang des Museums war das Durcheinander chaotisch. Fast so wie auf dem Schulhof in der Rostocker Sankt-Georg-Schule, dachte Horst, wenn es in beiden Hausflügeln gleichzeitig zur Pause läutete. Dort war er zur Schule gegangen.
Also auf in den Kampf!
Die Schlange vor den Kassen sog die vier in sich auf, dann Anstehen vor dem Einlaß, Andrang vor den Vitrinen, Schubsen in den Gängen, bis man sich zu Seeteufel und Butt, Hammerhai und Seeschlangen durchgekämpft hatte! Bis in den Keller zu den Meereswasserbassins nahm das Gewühl über alle Etagen kein Ende.
Die Fische hinter ihren dicken Glasscheiben sahen mit großen Augen interessiert zu und waren froh, daß sie keine Menschen waren! Sie konnten sich einigermaßen frei in ihrem Element bewegen und glubschten mitleidig auf die Drängelei der Zweibeiner.
Wie gut tat ihnen dann doch die frische Luft, als Anke, Horst und die Tanten wieder ans Tageslicht kamen, pflastermüde vom Rundgang. Ja, dies war die weite Anfahrt schon wert!
Wenn doch nur die vielen anderen Leute nicht auf denselben Gedanken gekommen wären!

Allmählich hatten sie allesamt ganz schön Appetit bekommen, um nicht zu sagen Heißhunger. *„Fisch müsse man jetzt nicht bedingt essen"*, meinten die Tanten, *„davon haben wir bereits genug - aber auch keine Bockwurst im Stehen auf der Straße, wenn man schon so einen herrlichen Ausflug macht. Sie haben heute unsere Spendierbüxen an"*, sagten sie.
Die jungen Leute wollten es sich auch gerne gefallen lassen, von ihnen verwöhnt zu werden. Aber wo?
Wieder schoben sie sich durch die Straßen und wurden geschoben. Wiederum stand hier eine Menschenschlange und nicht weitab die nächste. Allein die Einheimischen hatten sich in der Mittagszeit verdrückt und saßen zu Hause an ihren wohlgedeckten Tischen.
Statt ihrer waren jedoch noch ein ganzer Schwung Nordlandfahrer von

der Insel Rügen hinzugekommen, die der Regen von dort vertrieben hatte. Das HO-Hotel „Schweriner Hof" wurde von ihnen lautstark belagert, der „Ratskeller" auch, ins „Baltic" kam sowieso schon längst niemand mehr hinein und auch die Menschenschlange vor dem „Goldbroiler" würde sich wohl in den nächsten zwei Stunden noch nicht verlaufen haben.
Die Konsumgaststätte in der Anklamer Straße aber hatte ein Schild herausgehängt: Ruhetag! Gewiß, das muß auch einmal sein. Doch heute? Ausgerechnet heute war das schon mal ärgerlich!
Die Tanten hatten immer noch neue Ausdrücke parat, ihrem Ärger Luft zu machen. Anke und Horst fehlten bereits die Worte des Bedauerns, sie sagten nun gar nichts mehr.

Horst hatte einen guten Riecher – er schnupperte Gebratenes. So ging er dem nach und fand gleich um die Ecke in einer Nebenstraße eine Wirtschaft, wo nicht ganz so viele Leute vor dem Eingang warteten. Noch nicht!
Dorthin steuerten sie, lasen das übliche Schild: „Sie werden platziert!" und ordneten sich brav in die Reihe der Wartenden ein und schließlich und endlich bekamen sie auch einen Tisch in der hintersten Ecke zugewiesen.
Allerdings war die Bude heiß und verräuchert und auf der dürftigen Speisekarte waren die meisten Gerichte auch bereits durchgestrichen.
Mit der Hitze konnte man ja fertig werden und Horst hängte seine Jacke neben der Tür an einen Haken, der noch frei war. Dann wartete man geduldig, bis die Serviererin kam - Gulasch oder Erbsensuppe, das war nun die Frage.
Doch gerade, als sie bedient werden sollten, gab es plötzlich Ärger. Anke bekam einen mächtigen Schreck, als sie zufällig auf den Garderobenständer neben der Tür blickte. Horsts Anorak war weg!
Der Haken war leer, ja!
Eine Jacke, die daneben hing, sah ähnlich aus, doch sie gehörte gewiß nicht Horst, hatte auch kein Futter.

Auf einmal verging allen der Appetit. Kein Wunder, sie wußten, in Horsts Anorak steckten seine Autopapiere und die Schlüssel! Und sein Ausweis! Und das Geld!
Nun, mit Geld konnten die anderen ja aushelfen. Aber wie wieder nach Hause kommen? Anke kamen die Tränen.
Sie waren sowieso schon im Verzug. Sie hatten doch in Lämmersruh versprochen, ihre beiden Kleinen beizeiten wieder vom Kindergarten abzuholen! Jetzt würden diese bis in die späte Nacht auf sie warten müssen, denn komme mal einer mit der Bahn von Stralsund nach Lämmersruh! Nach Erfurt gab es einen durchgehenden Zug und nach Dresden auch. Doch bis Waren oder Ganzlin würde man bestenfalls erst am späten Abend gelangen.
Diese verdammten Fische im Meeresmuseum! Hätte man nicht woanders hinfahren können? Irgendwohin im schönen Mecklenburg, wo einem so etwas nicht passieren konnte?
Die Kellnerin stand ratlos. Die Köchin wurde gerufen, denn sie war hier für Ordnung und Sicherheit im Objekt verantwortlich. Die stellte als erste Maßnahme die Essenausgabe ein und die Drängelei an der Tür wurde nun noch größer.
„Ein Bullibutsch muß her!" Die helle Stimme eines kleinen Jungen ließ sich hören, der mit seinen Eltern am Nebentisch saß. Die konnten es sogar bezeugen, daß Horst seine Jacke an den Haken neben der Tür gehängt hatte. Aber was nützte das schon?
Ja, der Junge hatte recht, ein Bullibutsch mußte kommen, um den Diebstahl aufzunehmen.
Horst stand auf und machte Anstalten, auch umgehend einen Polizisten herbeizuholen. Allein das war nun gar nicht so einfach! Der Andrang an der Tür war zu groß. Die in der Tür standen, konnten nicht zur Seite gehen, die Hungrigen draußen schoben nach und kapierten nicht, was drinnen vorging.
Ja, selbst am Ende der Menschentraube war etwas los. Dort spektakelten einige und verlangten, durchgelassen zu werden, was die vorne Stehenden aber nicht zulassen wollten.

Sie alle ahnten nicht, daß sich dort hinter ihnen schon ein von der Köchin herbeitelefonierter Volkspolizist an den Tatort durchschlängeln wollte, allerdings ein ganz kleiner, dicker, der nicht einmal mit seiner Uniformmütze unter den Umstehenden zu erkennen war. Er hätte wohl schon seine Dienstpistole in die Luft abfeuern müssen, um sich Respekt zu verschaffen.

So dauerte es eine ganze Weile, bis der Polizist im Schankraum erschien, und mit ihm huschte ein tapsiges schmalschulteriges altes Männlein herein, das auch nicht viel größer war als der kleine Dicke in seiner grünen Uniform mit dem breiten Lederkoppel. Das Männlein kroch nun hinter dem Vopo hervor, ging mit unsicheren Schritten auf Horst zu und sah ihn stumm und traurig mit schiefem Kopf von unten an.
„Wat heff ick bloots maakt, wat heff ick bloots maakt!" Er stammelte und suchte nach Worten, ließ den Kopf hängen und sah dann an sich herab.
Ja, es war Horsts Anorak, den er anhatte, aber dem Alten waren die Ärmel zu lang und zu weit war die Jacke auch.
„In'n Düüs heff ick mi den' gräpen", erklärte er achselzuckend, *„ach, wat heff ick bloots maakt!"*
Er schniefte und fuhr dann fort: *„Ja, ick waahn ja gliek üm de Eck, un as ick na Huus kem, dor hett mien Fru mi gliek tosamenschäten un na de Pullißei schickt, dat ick mi stellen sall! Un dunn würr ja all na den' Vopo raupen!"*
Mit leiser Stimme gnurrte er eine Entschuldigung. Neugierig guckte indessen jedermann zu, wie sich der Diebstahl, der doch im Grunde nur eine Verwechselung war, aufklärte.
In der Tür zur Küche stand indessen das Personal und wartete, daß der Betrieb weitergehen sollte. Welch ein Umstand! Und wie gut, daß die Polizei nicht tätig werden mußte!
Der Polizist bahnte Anke, Horst und den Tanten nun den Weg hinaus auf die Straße. Jetzt war Eile geboten, daß sie zu ihrem Trabbi kamen.

Drei Stunden Fahrt lagen ja noch vor ihnen, und die Kinder würden schon recht ungeduldig sein!
Als Horst den Autoschlüssel aus der Jacke zog, lag in der Tasche ein Umschlag mit einem Fünfmarkschein darin und mit einem Zettel, der wohl aus einem Schulheft gerissen war.
In krackeliger Schrift stand darauf zu lesen:
„Ick will dat ok nich wedder daun! Glöben S' mi dat tau."
Dann hatte der Alte noch seine Unterschrift darunter gekrackelt, was wohl Fiete Kummernuß heißen sollte.
„Dscha", dachte Horst bei sich, als er sich wieder hinter das Steuer geklemmt und die Rennpappe glücklich zwischen den Wolgas herausmanöveriert hatte, *„wenn man nur mit solchen Stralsundern zu tun hätte, dann könnten wir gut und gern noch einmal mit unseren Kindern hierher fahren. Und wenn wir dann den Fiete wiedertreffen sollten, werde ich ihm sein Geld zurückgeben. Das wär ja wirklich nicht nötig gewesen!"*

Dies alles kommt eben bei dem verfluchten Gewühle rund um die Seeteufel und Butt heraus! Dazwischen finden sich weiß Gott selbst die Stralsunder nicht mehr zurecht!

Steilküste bei Ahrenshoop

Up de Steilküst (DDR - Sommer 1989)

Wiet blänkert de See, keen End hett de Häben.
Johr üm Johr löppt uns hen, wat bringt noch dat Läben?
Wiet buten de Schipp trecken seewärts ehr Bahn,
ehr Fohrt weckt Gedanken: wie ward uns dat gahn?

Wann höllt man ok di nich, wann gliekst du de Mööw?
Sei sägelt so frie, süht de Welt ut ehr Hööch.
Ganz sacht striekt de Wind oewer Dünen un Strand.
Wann drecht hei ok di oewer Warer un Land?

De Wellen verlopen, sei kamen, vergahn.
So geiht dat ok uns, denn de Tiet blifft nich stahn!
Sünd Grenzen je bläben, wier von Duer de Striet?
Ant End stünn doch Fräden! Dei geiht uns to Siet.

Disse Tiet ward eens kamen, dat is doch gewiß,
dat man süht, wat achter de Kimmung is!
So orrer so, grad as man dat nimmt:
Is doch gor nich to glöben, wie dat ward, wenn't so kümmt!

40 Jahre DDR

DDR - Feierabend

Nachbar Jochen Heidtmann hatte in seiner LPG, der landwirtschaftlichen Produktions-Genossenschaft in Neuhof, einen harten Arbeitstag hinter sich gebracht. Das war auch der Grund, weshalb er heute erst spät dazu kam, seine kleine Marie vom Dorfkindergarten abzuholen.

So stand der kleine Dreikäsehoch ganz allein wartend am Zaun. In der einen Hand hielt sie die leere Brottasche, die andere hatte sie sich mit einem Finger und Daumen in den Mund gesteckt. Das war von jeher Maries Eigenart gewesen, wenn sie sich in irgendeiner Sache nicht schlüssig war, was zu tun sei. Jetzt ließ sich damit das Warten wohl besser überstehen.

„Morgen . . . ", sagte sie, als sie auf die Rückbank des Trabbis krabbelte, *„morgen, Pappi, kannst du mir erst ßu um sechs Uhr abholen. Frau Schäning hat das so gesagt. Denn morgen wird Geburtstag gefeiert - einen ganz großen! Dann gibt es für jeden sogar eine Banane!"*

Die kleine Madam unterbrach sich und schnalzte in der Vorfreude auf diesen seltenen Genuß.

„Ja, und unsere Laternen sollen wir auch mitbringen, denn es gibt auch noch einen Festumßug, der is eerst um sechs Uhr zu Ende. Der gehört auch zu die Geburtstagsfeier."

„Nu, Marie, da hast du dir ja allerhand vorgenommen", gab ihr Vater zur Antwort. *„Dann möcht ich aber doch auch wissen, wo ich dich dann abholen soll. Wer hat denn Geburtstag ?"*

Die Lütte zögert, stöckert dann los, in ihrer Aufregung im heimatlichen Plattdeutsch: *„De-de-de olle Respulik!"*

Man sieht, sie ist froh, es herauszubekommen.

„Ja, so hat Frau Schäning uns das gesagt, als sie die Fahne aus das

Fenster gehängt hat."
Wer soll das denn sein, denkt Nachbar Heidtmann. Hör ich recht, de oll Respulik hett Geburtsdag! Er muß grienen, als er begreift. Es stimmt, der große Republikgeburtstag der DDR, der 40ste, ist morgen.
Im Dorfkonsum hat es schon Apfelsinen gegeben, die ersten in diesem Jahr - wir haben Oktober!
Er sieht in den Rückspiegel, denn hinter ihm ist es verdächtig ruhig geworden. Das Mädel sitzt dort mit schräggestelltem Kopf und denkt offensichtlich nach.
„Nä", platzt sie dann auch schon los, *„Frau Schäning hat das noch ein büschen anders gesagt! För de–de Respulik soll der Umßug sein, wo dieses Land doch ßugehören tut. Und die is all alt, all 40 Jahre. Und morgen Abend sollen wir Kinder das ganz groß feiern mit die Banane, wenn wir überall rumgegangen sind - erst nach die LPG, denn ßu unsere Schule, und von da geht das ßu's Büro von die Gemeinde!"*
„Gut, denn werd' ich dich da dann abholen", meint ihr Vater daraufhin. *„Dann mußt du nicht noch einmal zum Kindergarten zurücklaufen!"*
Doch mit diesem Vorschlag kommt er bei dem Mädel schlecht an.
„Nä, das geht nich! Die Großen sollen doch nich mitgehen, die sollen morgen ßu Hause bleiben, wenn das schummern tut, und die sollen dann da feiern. Nur Herr Wolter, der Pullißist, kommt mit die Kinder mit. Der darf auf die Straße gehn!"
Steif und fest bleibt sie dabei! Frau Schäning hätte das so gesagt.
Wieso und weshalb denn das? Allmählich interessiert Heidtmann dies doch. Was denkt sich die Kleine nur über diese Feierei zusammen?
Hinten im Auto bleibt es für eine Weile still, dann fragt er doch nach: *„Wieso nur der?"*
Es dauert eine Weile, bis Marie weiterplappert.
„Vielleicht soll der Pullißist aufpassen, daß die großen Leute nicht auch rausgehen", meint sie dann trocken und erklärt das noch näher: *„Der olle Respulik hat woll gar nich so viele Bananen, daß die Großen auch eine abbekommen können!"*
Jochen wiegt seinen breiten Bratzkopf hin und her.

Ganz so unlogisch ist das ja nicht, was das Mädel da sagt. Und zu mehr als einem kleinen Geschenk für die Kinder langt es ja auch kaum, und das nach 40 Jahren DDR! Woran fehlt es denn nicht? Für uns auf dem Lande hat man erst recht nicht viel übrig.
Nachdenklich zieht er die Handbremse, sie sind zu Hause angelangt. Das Mädel steigt aus. Er aber bleibt noch eine Weile im Wagen sitzen, die Sache geht ihm noch nach.
So also sehen die Kinder den großen Staatsfeiertag? Na, dann wird ja wohl bald ganz Feierabend sein, wenn schon die Kleinen es mitbekommen, wieweit es mit uns gekommen ist. 40 Jahre Deutsche Demokratische Republik - und es gibt sogar eine Banane, aber wohl auch nur für die Kleinen!
Während er dann doch aussteigt, sieht er, daß Marie noch vor der Haustür steht und auf ihn wartet.
Ob sie noch etwas will?
Richtig, sie kommt noch einmal auf den DDR-Feierabend zurück. So, als wenn sie sich entschuldigen will, sagt sie treuherzig:
„Pappi, ich würde dich ja auch geeerne eine Banane mitbringen, aber Frau Schäning hat doch gesagt, jeder kriegt nur ein Stück, ßu mehr langt das nich!"
„Ist ja schon gut, Marie!"
Jochen streicht ihr gerührt über die blonden Haare.
„Weißt du, für mich ist ja morgen auch gar kein richtiger Feiertag! Mir ist nicht danach zumute! Glaub mir, ich wünsch mir man, daß nun bald ganz Feierabend wär, für mich und deinen Respulik!"

Und leise setzt er hinzu: *„Doch das wirst du erst verstehen, wenn du groß geworden bist".*

Mecklenburger an vorderster Front

Es war noch mächtig kühl an diesem ersten Morgen, nachdem in Berlin die Mauer gestürmt wurde, die 28 Jahre die Stadt geteilt hatte. Welch ein Jubel erfüllte die Volksmassen am vergangenen Abend! Was sich kaum jemand zu erträumen wagte, war urplötzlich Wirklichkeit geworden.
„Irrsinn" hieß das Schlagwort, das in aller Munde war. Während der ganzen Novembernacht flanierte man in den Straßen - im Osten und im Westen - wurde gefeiert, getanzt, lagen sich wildfremde Menschen glücklich in den Armen.
„Die Mauer muß weg!" - hatten sie immer wieder gerufen bei ihren Demonstrationen - und jetzt war sie wenigstens durchlässig geworden.

Vor Tau und Tag, als die ungläubig jubelnde Stadt endlich zur Ruhe gekommen war, kam noch ein Mann aus Westdeutschland nach Tegel geflogen und wollte auch etwas von diesem großen Ereignis mitbekommen. War dies nicht der wichtigste Tag für alle Deutschen seit Kriegsende?
Bundespräsident Richard von Weizsäcker ging ganz allein an die Berliner Grenze. Hier, am Potsdamer Platz, wollte er so schnell wie möglich von seinem Deutschland in jenes andere gehen, das ihm bislang verschlossen blieb.
Grau, kalt und stumm lag die Mauer da. Hoch und drohend ragte ein Wachturm auf. Hier war die vorderste Front im kalten Krieg, hier wurde auf Menschen Jagd gemacht!
Jetzt war jedoch keine Menschenseele zu sehen. Wie wird man ihm „drüben" begegnen? Wenn ein Posten ihn nun erkennt - schickt er ihn dann zurück? Wird es einer mit einer kessen Berliner Schnute sein? Oder läßt

ihn ein höflicher Sachse freundlich und korrekt passieren? Was sagt die östliche Staatsmacht zu dem Geschehen der vergangenen Nacht?
Ihm ist schon recht eigen zumute, als er den DDR-Grenzstein hinter sich läßt und auf die Pforte zugeht, die den Weg durch die Mauer freigibt. Sie steht offen. Einsam wirft der geöffnete Schlagbaum einen langen Schatten, einem Galgen gleich. Ein Posten ist nicht zu sehn.
Doch - es rührt sich was!

Sieh an, die Tür zu einer Wachbaracke geht auf. Einer in Uniform, ein Grenzer stolpert heraus, stülpt sich im Gehen die hochgezogene Mütze auf den breiten Schädel und nimmt ihn dann in Augenschein. Ein Offizier ist es, bemerkt der Präsident, ein älterer Mann schon, der dann plötzlich stutzt.
Ach ja, man hat ihn wohl erkannt!
Nun wird es sich erweisen, wie das Grenzkommando mit der neuen Lage fertig wird und wie die DDR-Staatsmacht diese Schicksalsnacht für Deutschland ansieht.
Was wird das wohl für ein Mann sein, der sie hier repräsentiert?
Der Grenzer zieht sich am Schulterriemen, rückt sein Koppel zurecht. Als ginge es nun zur Parade, stakt er dann stramm vorwärts, baut sich breitschultrig vor Weizsäcker auf.
Er holt tief - man sieht es richtig an seinem geröteten Gesicht - sehr tief Luft. Und schon grüßt er zackig, indem er die Hacken zusammenschlägt und die Rechte an die Mütze legt: „Heeer Prösident ...”
Er macht eine Pause, vor Aufregung bleibt ihm der Atem weg.
Er beginnt noch einmal: „Heeer Prösident, ich möllde, in Bäliiin un in dem ganzen Grenzbezürk heut Nacht keine besonderen Vorkommnüsse!”
Wieder folgt eine Pause.
Dann, als will er noch etwas sagen, schnappt er noch einmal nach Luft. Allein, es kommt nichts mehr, er steht nur da wie ein Pfahl und guckt und schweigt.
Ein Mecklenburger! Von Weizsäcker kennt sich darin aus, er ist sich dessen ganz sicher. Der steht hier an der vordersten Front der DDR und

kommentiert trocken auf seine Art, was heute Nacht doch die ganze Welt verwundert aufhorchen ließ!
Aha, heute Nacht also keine besonderen Vorkommnisse in Berlin! Kein Wort von dem großartigen Geschehen dieser weltbewegenden Stunden! Was müßte wohl noch passieren, das diesen Menschenschlag als ein „besonderes Vorkommnis" beeindrucken könnte?
Nein, das Nordlicht vor ihm verzieht noch immer keine Miene, steht nur stur da, guckt und schweigt. Davon muß man ihn wohl erst erlösen!

Dem Bundespräsidenten kommt es in den Sinn, daß man auch versuchen müßte, den Mann zu verstehen. Warscheinlich waren der und seine Grenzer wohl vor allem froh, daß man ihnen im Trubel der letzten Nacht nichts angetan hatte.
Also dankte von Weizsäcker ihm mit ein paar freundlichen Worten. Dann ging er weiter, dorthin, wo auch er Anteil an der großen Freude empfinden konnte, daß Ost und West sich jetzt wieder zusammenfanden.
Etwas verdutzt und ganz verloren blieb hinter ihm der Offizier zurück. Dieser konnte noch immer nicht recht damit fertig werden, wie einfach es doch war, daß die andere Welt von „drüben" seine kleine DDR so mir nichts dir nichts inspizieren kam.
Er rieb sich verwundert noch einmal die Augen, als wollte er ihnen nicht trauen. Jedoch die Pforte neben ihm in der Mauer, hier an der vordersten Front des mächtigen Ostblocks, stand tatsächlich weit offen und von beiden Seiten drängten sich unbekümmert Menschen aus Ost und West in den jeweils anderen Teil der Stadt!
Was sollte er hier also noch, schlich sich der Gedanke in seinen Sinn, er würde wohl in Berlin als Grenzbewacher bald nicht mehr gebraucht!

Aber noch eine ganze Weile sollte vergehen, bis er, zurückgekehrt nach Mecklenburg, verstand: genau nach 50 Jahren, nach einem halben Jahrhundert, war auch für ihn in dieser Nacht der heiße und der kalte Krieg vorbei.

Die Wessis kommen !

Nur kurze Zeit nachdem die Grenzen der ostdeutschen DDR geöffnet wurden, kam auch nach Neuenhagen eine Delegation von „drüben", um mit einem hinsichtlich Größe und ländlichem Lebenszuschnitt entsprechenden Städtchen in „Mac-Pom" Partnerschaftsbeziehungen einzugehen.
Warum auch nicht, sagten sich die Neuenhägener, doch Erfahrungen hatte man ja hierin nicht. Also überließ man es den Gästen, ihre Vorschläge zu unterbreiten, denn die Holsteiner waren welterfahren und hatten sich bereits ihre Gedanken darüber gemacht, was man miteinander vereinbaren könnte.

Sie schlugen vor, die Sportvereine sollten den Anfang machen, dann würde man sich quasi spielend kennenlernen. Ein Freundschaftsspiel der Fußballer vom „FC Müritz" gegen die Kicker des Fußball-Clubs von „Germania 1890" aus Poggenborn wurde also abgesprochen und der Termin dafür sogleich festgelegt.
In Neuenhagen sollte die erste offizielle Begegnung der Mannschaften aus Ost und West stattfinden. Hier wurde nun fleißig die Werbetrommel gerührt und das bescheidene Waldstadion, das der Verein sich in mühevoller Arbeit selbst geschaffen hatte, war dann auch am abgesprochenen Sonntagnachmittag knüppeldicke voll.
Die Poggenborner Fußballer kamen beinahe nicht rechtzeitig zum Anstoß angereist. Die Umgehungsstraße bei Lübeck war in dieser ersten Zeit nach der „Wende" noch nicht gebaut und so waren die Holsteiner bei Schlutup im Stau steckengeblieben, kein Wunder in dem überaus dichten Verkehr nach hüben und drüben über die ehemalige Grenze.
Eduard Mamerow, „uns Ede", wie er überall genannt wurde, trainierte

bereits manches Jahr die Neuenhäger „Müritz-Elf". Er bekam vor Aufregung schon einen ganz roten Ballon, als der angesetzte Spielbeginn immer näher rückte und die Gäste weiter auf sich warten ließen.
Würde die Städtepartnerschaft nun schon beim ersten gemeinsamen Unternehmen platzen?
Mit ihm blickten einige hundert Neuenhägener Fußballfans mit langen Gesichtern ebenfalls erwartungsvoll die Lindenallee entlang, die zu ihrem Sportplatz führte. Wann würden die Westdeutschen dort endlich auftauchen? Wohl fast die gesamte Jugend des Städtchens wollte sich dieses erste gesamtdeutsche Freundschaftsspiel nicht entgehen lassen.

Ede fiel ein Stein vom Herzen, als endlich der überlange bunt bemalte Doppelstockbus aus der Partnerstadt vorfuhr. Vorn hatte man ihm ein breites Spruchband vor den Motor gebunden.
„FC Germania Poggenborn" stand darauf zu lesen.
Hinter den Glasscheiben schwenkte ein Gewimmel von jungen und älteren Schlachtenbummlern eifrig Fähnchen und Wimpel. Ein paar Frauen waren auch dabei. Das neugierig dreinblickende Fußvolk der Wessis saß oben.
Alle Plätze waren besetzt. Anders konnte es auch gar nicht sein, denn die Poggenborner Stadtverwaltung hatte doch einen Zuschuß zu den Fahrkosten lockergemacht. Was man dadurch einsparte, konnte man gut und gern unterwegs in Bier und härteren Sachen anlegen.
Schließlich war man ja auch ein bißchen gespannt, einmal mit eigenen Augen zu sehen, wie es da „drüben" in der „Ostzone" aussieht, wie die Älteren noch sagten. So hatte es an Zulauf nicht gemangelt.
Unten im Riesenbus saß die erste Herrenmannschaft ihrer Stadt samt den Herren des Vorstandes des Fußball-Clubs. Letztere kamen als erste zum Vorschein, als der schmucke Bus den Ausstieg freigab.
Vorweg schob sich breitmastig der Vorsitzende von „Germania 1890" durch die Tür, ein bulliger Geschäftsmann mit breiten Schultern und goldblitzender Brille, gekleidet in den gleichen vornehmen Wicks wie seine vier behäbigen Freunde. Diese hatten ihren Verein mit Bravour in

wenigen Jahren in die Landesliga hochgemanagt, indem sie genügend Kapital für den Zukauf ausländischer Spieler zusammenbrachten.
Selbst, so stellte sich später heraus, hatte keiner der fünf Herren jemals als Fußballer auf dem Platz agiert.
Jedoch - sie verstanden ihr Geschäft und waren stolz darauf. Es war nun einmal Fakt, daß die Einnahmen und das Vermögen des Clubs unter ihrer Leitung viel höher waren als zur Zeit des früheren Trainers und seiner Bolzerei auf dem Sportplatz ihres Heimatortes.

In ihrem einheitlichen Dress kroch steifgesessen daraufhin auch die Mannschaft der „Germanen" aus der schmalen Bustür, allen voran der Kapitän, ein hochgewachsener Flachskopf, dem anzusehen war, daß er noch von den ganz alten Germanen abstammen mußte. „Hällo", grüßte er kaugummikauend in die Runde, mehr Deutsch konnte er wohl noch nicht. Er war die jüngste Neuerwerbung des Clubs, die man im hohen Norden Schwedens aufgetrieben hatte.
Ganz das Gegenteil von ihm sprang danach eilig in einem gewagten Sprung ins Freie - ein drahtiger, dunkelhaariger Spirrfix. Er sah sich suchend um und sprintete sogleich zur Toilette, als wenn ihm auf der Stelle die Hose platzen könnte. Im Bus war das Klo nämlich schon am Überlaufen wegen der Kisten mit dem „Flensburger Maibock", dem man unterwegs bereits tüchtig zugesprochen hatte.
„Uns Ede" - und nicht nur ihn - kam das große Wundern an, als dann die Mannschaft der Gäste ausstieg. Die Westgermanen waren zumeist gar keine Germanen, zumindest die Leistungssportler nicht! Damit hätte er nicht gerechnet, hier hatte man solche Kerle noch nicht zu Gesicht bekommen!
Er kam ins Grübeln: das sollen also die sein, die dort all die Jahre an uns, ihre „Schwestern und Brüder im Osten" gedacht haben?
Dabei sah er erstaunt auf den dunkelhäutigen Ali Hakim, der ihm jetzt vorgestellt wurde. Dessen ganzer Schädel war kahlrasiert und glänzte in der Sonne wie ein Kinderpopo. So was sah man hier auf dem Fußballplatz noch nicht, bisher wohl nur in Bützow - im Knast!

Immerhin, erfuhr er dann, der bullige Zweimetermann hinter ihm, der als linker Verteidiger eingesetzt werden sollte, stammte aus Buxtehude und neben ihm der untersetzte, aber wieselflinke Schrumpfgermane aus Lübeck hörte auf den urdeutschen Namen Fiete Meier.
Diese beiden waren aber auch die einzigen Originalgermanen des Poggenborner Teams. Das Mittelfeld nahm die innere Türkei ein und Stürmer war Filantropolos aus dem sonnigen Griechenland, der mit einem rabenschwarzen Sohn der Elfenbeinküste die Sturmspitze abgab.

So liefen also Poggenborns 1890er mit einer kompletten internationalen Mannschaft auf den Platz. Diese wäre, wie ihr Vorstandsvorsitzender Eduard mit einigem Stolz sogleich zu verstehen gab, doch eine namhafte Kapitalanlage.
Ein anderer Vorständler vergaß auch nicht darauf hinzuweisen, daß man im Osten wohl nicht ermessen könne, was es bedeutet, wenn ein solcher Verein sich mit seinen Spielern auf den Weg zu einem Freundschaftsspiel macht, bei dem doch pekuniär gar nichts herausspringt - aber man wäre der deutschen Einheit wegen doch gerne gekommen.
Ede ging dies unter die Haut und er kam sich sehr klein vor. Als alter Sportsmann musterte er nun die physischen Qualitäten der angereisten Spieler. Die Jungs aus Poggenborn waren auch gar zu unterschiedlich. Krummbeinig und untersetzt, kräftig gebaut die einen, richtige Dribbelbeine dabei - und baumlang, schlacksig andere. Die Türken mit ihren dunklen Bärten und die Afrikaner schienen ihm besonders durchtrainiert zu sein, das war ihnen anzusehen. Untereinander sprachen sie kaum miteinander. Wie wohl ihr Trainer mit dieser bunten Gesellschaft fertig wird, fragte Ede sich im Stillen.
Die Gäste drängten, zur Kabine gebracht zu werden. Sie waren zuversichtlich, das Spiel zu gewinnen, wenn sie zunächst auch im Nachteil waren, hier auf fremdem Platz zu spielen, steifgesessen, wie sie nun einmal waren. So dachten auch durchweg ihre Schlachtenbummler.
Schließlich war man doch aus dem Westen, damit war doch alles klar!
Man nahm siegesgewiß an den Buden noch schnell einen Kurzen zur Brust.

Währenddessen nahm ihr originalgermanischer Vorstand im Neuenhäger Sportlerheim gegenüber wieder das Wort. Ja, man war stolz auf sein Team, das man sich zusammengekauft hatte. Der Klubvorsitzende war nicht umsonst früher Einkäufer für ein Versandhaus gewesen und verstand sich aufs Handeln.
Er war es auch, der den hünenhaften Dänen Ole Ohlson und den dickfelligen Kees Kaninkenbarg und den Russen Besborodnik entdeckt und beschafft hatte, ein Team, mit dem man sich überall sehen lassen kann und das alle Wochenenden die Vereinskassen füllt! Eduard werde es ja nun gleich erleben, was die Jungs drauf haben!
Jovial versprach sein Kollege auch sogleich, man werde der „Müritz–Elf" natürlich den funkelnagelneuen Fußball als Erinnerung an diesen Tag überlassen. Mit einer alten Pflaume aus der DDR wolle man doch nicht spielen, hatte ihr Vorstand schon daheim beschlossen.
Na, gut gemeint war das ja wohl! Ede Mamerow ging aber nicht weiter darauf ein, wenn das vielleicht auch von ihm erwartet wurde. Er bemühte sich um eine freundliche Miene. Allerdings mußte er nun zum Aufbruch drängen, damit das Spiel endlich beginnen konnte.

Wenn diese bunte Gesellschaft man Tuck hält und ihr Spiel das bringt, was ihr Vorstand verheißt, dachte Ede bei sich auf dem Weg zur Tribüne. In seinen Augen hatten die das Spiel noch gar nicht gewonnen, wenn sie sich auch derart siegesgewiß gaben. Seine „Müritz-Elf" war doch keineswegs von Pappe und auch hierzulande war der Ball in den 40 Jahren DDR immer noch rund geblieben und man wußte damit umzugehen! Aber ob auch der Schiedsrichter mit diesen Spielern klarkam? Er hatte extra aus Schwerin einen Schiedser angefordert, der auch schon „drüben" gepfiffen hatte.
Um ihn herum war im Stadion eine tolle Stimmung. Die Poggenborner Fans waren mit großem Hallo begrüßt worden. Man hatte ihnen die besten Plätze gleich hinter der Trainerbank freigelassen. Sie nahmen dies auch so an, als wenn ihnen das zukam.
Ihre hier unbekannten Flensburger Bierdosen machten die Runde und

auch die umstehenden Ossis bekamen freigebig ihr Teil ab.
Jetzt wollte man jedoch endlich etwas auf dem grünen Rasen sehen, der von den Neuenhägern gut gepflegt war. Erste Pfiffe waren zu hören, Unruhe kam auf.
Auch die „Müritz-Elf" saß noch in ihrer Kabine, etwas klamm, wie es zumeist ist, wenn man gegen eine unbekannte Mannschaft antreten soll. Aber dies sollte ja ein Freundschaftsspiel sein, da läßt man ja alles etwas sachter angehen! Und verstecken wollten sich die Ossis denn auch nicht, man würde zeigen, was man kann.
Das war man auch seinen Neuenhäger Zuschauern schuldig!

Endlich liefen die Mannschaften aufs Spielfeld. Die Jungs von der C-Jugend gaben ihnen das Geleit. Schön gestickte Wimpel wurden ausgetauscht. Dafür hatten die Frauen gesorgt. Dann wurde das Spiel freigegeben. Der Schiedsrichter hatte seine Linienrichter aus der Landeshauptstadt mitgebracht. Das soll ja eigentlich nicht sein, war aber praktisch, wollte man sich doch nicht nachsagen lassen, daß man hierzu alte Freunde bestellt hatte.
Die Fans beider Fußball-Clubs kamen nun voll auf ihre Kosten. Bereits nach den ersten zehn Spielminuten war allen klar, die Westgermanen hatten auch nicht mehr auf der Pfanne als die Neuenhägener. Dort drüben wurde also auch nur mit Wasser gekocht.
Ihr russischer Besborodnik und der schokoladenbraune Ali Hakim waren noch die besten Spieler, wie auch ihr Vereinsvorsitzender aus Holstein mal wieder feststellte. Im Stillen freute er sich, daß er gerade diese beiden besonders günstig eingekauft hatte. Ja, was war er doch für ein tüchtiger Kerl!
Ede Mamerow allerdings war weniger zufrieden. Zur Halbzeit stand es drei zu drei Toren, was ja für den Spielverlauf und ein Freundschaftsspiel ein recht passables Ergebnis ist.
Aber leider war für die Neuenhäger Mannschaft ein Eigentor dabei. Seinen Torwart Ulli Brüsch mußte er vom Platz nehmen. Der hatte sich im Getümmel vor dem Tor bei seinem vollen Einsatz verletzt. Nun mußte

man sich mit der zweiten Garnitur behelfen.
Glücklicherweise ging es in der zweiten Halbzeit geruhsamer zu. Die Mannschaften hatten sich allmählich besser aufeinander eingestellt. Die westdeutschen Spieler hatten auf der Herfahrt auch schon mehr oder weniger heimlich ihren heutigen Sieg begossen und waren offensichtlich bereits etwas weich in den Knien. Das Spiel verlangsamte sich.
Dann konnte jedoch der kleinste „Germane", der Imre Hodscha mit seiner gnitterschwarzen Tolle, im Gewühle vor dem Neuenhäger Tor bis fast an den Kasten durchdribbeln und läutete die Katastrophe mit einem Pfostenschuß ein, nachdem er bereits kurz zuvor mit einem 20-Meter-Schuß den Ersatztorwart überwunden hatte.
Nun erwischte der Ersatzkieper den Abpraller so unglücklich, daß der Ball zu aller Entsetzen in Zeitlupe über die Torlinie rollte. Also nun noch ein zweites Eigentor durch diesen Schnitzer! Welch eine Blamage!
Dies war der Endstand, es blieb bei 5:3 Toren für die „Germania".
Die Müritzer zogen die Köpfe ein und die Westgermanen trotteten von ihren Fans stürmisch gefeiert vom Platz, voran der Schwarzafrikaner mit dem kostbaren Ball.

Der Germanenvorstand gratulierte in der Kabine seinen Spielern und steckte jedem noch verstohlen einen Extraschein zu, verbunden mit einem bedeutsamen Blick in die schweißnassen Gesichter. Für das faire Spiel und den hochverdienten Gewinn, wurde ihnen dabei bedeutet.
Mamerow kam darüber unpassenderweise zur Tür herein, um auch seinerseits den Gästen für ihr Kommen zu danken. Ihm entging also nichts. Er ließ sich aber nichts anmerken.
Schon zogen die Gäste ihre Trikots mit der Werbung für die leckere Nestleschokolade aus und dann standen sie nach dem Duschen auch wieder in ihrem Mannschaftsdress zur Abfahrt bereit.
Höchst zufrieden bestieg man den Doppeldecker, und hupend schwankte die volle Fuhre wieder davon. Man wollte doch noch vor Mitternacht wieder in Poggenborn zurück sein.

In Neuenhagen zog man währenddessen etwas betrübt wieder nach Hause ab. Wie Eduard Mamerow war allerdings noch so manch einer aus Mecklenburg-Vorpommern irgendwie irritiert über diese erste Begegnung mit den Gästen aus Westdeutschland, weniger wegen des Spielausgangs, sondern vor allem darüber, was er von diesem bunt zusammengewürfelten westgermanischen Fußballklub halten sollte, dieser Verbindung von Sport und Kommerz.

Am nächsten Morgen hieß es dann im Neuenhägener Kreisblatt als Überschrift über den Spielbericht in dicken Lettern:
„MÜRITZ-ELF BESIEGTE SICH SELBST !"
Weiterhin erfuhr der Leser hierin, diese hätte in dem Freundschaftsspiel die meisten Tore geschossen! Das Spiel wäre 5:3 Tore ausgegangen, Halbzeit 3:3. Allerdings wären zwei Eigentore der Neuenhägener dabei gewesen, deshalb wären die westdeutschen Gäste doch noch als glückliche Sieger vom Platz gegangen.
Der Artikelschreiber verschwieg die Wahrheit also nicht, hatte aber geschickt für die Lokalpatrioten die Clevernіß der Gastgeber herausgestellt. Immerhin, am Ende seines Berichtes hatte er gewiß ganz recht, wenn er hinzusetzte, dieses Freundschaftsspiel wäre für Ost wie West doch ein Gewinn gewesen, das Spiel wäre fair verlaufen und letztendlich wäre es dabei doch nicht entscheidend, wer am meisten punktet.
Allerdings, so heißt es abschließend in dem Zeitungsartikel das Spiel wertend, wäre es wünschenswert, daß die Neuenhägener Mannschaft sich beim Rückspiel in Westdeutschland nicht wieder mit Ersatz behelfen muß.
Und dann kam noch der Hinweis, vielleicht könne man sich hier im deutschen Osten auch bald solche internationale Fußballkünstler anheuern, damit man sich nicht noch einmal selbst besiegt!

Nicht zu fassen !

Hit heißt der neue Einkaufstempel, in Westdeutschland ja wohl auf neudeutsch „Super-Shopping-Center" genannt, den man drei Jahre nach der Wende am Schweriner Stadtrand baute.
Ein mächtig großes und imposantes Gebäude ist das, wo es fast alles zu kaufen gibt, was das Herz sich wünscht. Von der Stecknadel bis zum Luxusauto ist alles im Angebot. Es blinkert und blänkert allüberall in den übervollen Regalen.
Man geht hindurch wie im Schlaraffenland, wenn man zuvor in 40 Jahren DDR nur seinen kümmerlichen Konsum oder den staatlichen HO-Laden zu Gesicht bekam.
Heute, am Montagmorgen, ist dort nicht allzuviel los. Die paar Käufer verlaufen sich rasch in dem weitläufigen Gebäude. So sind auch die beiden Frauen schon schnell an der Kasse vorüber, die uns schon draußen auf dem Parkplatz auffielen, denn wer ist schon so früh am Tage derart aufgedonnert.
Neben uns stiegen sie aus großen, neuen Autos westlicher Produktion, dem Kennzeichen nach aber Schweriner.
Beide schieben ihre Einkaufswagen hoch vollgeladen, auch darunter steht noch eine Kiste mit Flaschen, zum Packtisch. Neben uns beginnen sie mühsam, alles in die Taschen und Beutel zu stopfen, was sie soeben erwarben.
„Oh", bemerkt die Jüngere, sie mag ja noch nicht 30 Jahre alt sein, „sieh mal, Ilona, die Bananen sind auch schon wieder teurer geworden, schon zwei Mark neunundzwanzig das Kilo! Ist wohl der Winterpreis. Vor Weihnachten hab´ ich nicht soviel dafür ausgeben müssen!"
„Ja, du hast recht", läßt sich die Ältere hören, die ihre Siebensachen auch gerade noch mit Mühe in ihre Packelagen hineinwürgen konnte,

„alles kostet immer mehr Geld! Der Kanzler Kohl in Bonn hat uns ganz schön angeschmiert! Was hat er nicht alles versprochen, daß es uns besser gehen soll. Der hat gut reden!
Schau mal, jetzt mußte ich auch schon zwei Mark für meine sechs Bananen blechen!
Mürrisch greift sie nach ihren Taschen, meint aber erst dann: „So, wir können los", als sie auch noch die zweite Getränkekiste auf die andere gewuchtet hat.
Ab geht es also damit zu ihrem großen Ford-Kombi. Ihre Freundin wendet sich indessen ihrem „VW-Passat" zu.
Als sie aber von der Seite zusieht, wie Ilona die Getränkekartons im Wagen verstaut, kann sich dann doch nicht die Frage verkneifen: „Du hast ja wohl allerhand vor, daß du soviel Sekt einkaufst?".
„Stimmt", läßt Ilona sich hören, „und dies ist 'ne ganz schöne Last für mich, das hätte Erwin mir auch abnehmen können! Neun Flaschen Sekt sind das. Ganz schön teuer! Das ist nämlich französischer. Der ist doch besser als der italienische. Erwin mag den lieber, der ist nicht so süß. Er hat ja Geburtstag, dafür hab ich den gekauft!"

Die Autotüren schlagen zu und sie sausen ab mit ihrem Einkauf, zutiefst davon überzeugt, daß es ihnen „so schlecht" ergeht in diesem nun wieder vereinten Deutschland. Sie sind doch angeschmiert, wie sie soeben sagten!
Unser „Twingo" stand neben den Wagen der beiden Frauen, so mußten wir dies alles mit anhören. Auch wir stiegen nun ein, bekamen aber noch immer nicht den Mund zu, der uns vor Staunen offen stand. Das ist doch gar nicht zu glauben! Wie schlimm ergeht es doch den beiden jungen Damen! Wie sehr mußten sie doch klagen in ihrer Not, um ihren Ärger über die Wiedervereinigung los zu werden! Auf der Straße: Jammerossi und zu Hause: knallen die Sektkorken!
Nicht zu fassen!
Da blieb natürlich keine Zeit, auch noch einen Gedanken darauf zu verschwenden, daß sie in der DDR-Zeit, vor nur drei Jahren, für denselben

Betrag statt neun Flaschen Sekt nur zwei hätten kaufen können und wohl ganze zwei Stück Bananen, wenn es zufällig überhaupt einmal welche zu kaufen gab.
Und zu Fuß hätten sie ihren bescheidenen Einkauf auch nach Hause tragen müssen, denn einen Pkw „Trabant", den Trabbi, den sie sicherlich auch schon zehn Jahre zuvor bestellt hatten (man mußte dazu 18 Jahre alt sein, vorher wurden Bestellungen nicht entgegengenommen), lieferte man ihnen ja schließlich nicht vorfristig aus.

Kaum zu glauben! Diese Art mäkelnder „Mäkeln-borger" ist leider immer noch nicht ganz ausgestorben!

Jesendorfer Engel

Wundersame Wandlung eines Engels

In der Jesendorfer Kirche südlich von Wismar hängt von der Decke des Kirchenschiffes in Lebensgröße ein buntbemalter schwebender Engel. Ähnliches gibt es ja auch anderwärts, aber bereits recht selten. Doch dieser ist durchaus nicht wie ein Schutzengel anzusehen, eher wie ein Racheengel, seit der kürzlich erfolgten jüngsten Restaurierung gar mit einem zweischneidigen germanischen Langschwert versehen.

Man schrieb das Jahr 1929. Wohl mehr als hundert Jahre lang lag der Engel in einer Abstellkammer ohne Flügel, Arme und Hände, dazu auch noch vom Zahn der Zeit arg ramponiert. Beinamputiert war er auch. Außerdem war die Taufschale abhanden gekommen, die er ursprünglich in seinen ausgestreckten Händen trug. Dem neuen Küster Karl Müller tat dieser hölzerne Engeltorso leid und er überlegte, ob da noch was zu retten war. Er suchte die wenigen noch auffindbaren Teile aus der Gerümpelkammer zusammen, fand auch die mächtigen vergoldeten Flügel und dabei auch noch einen alten verrosteten Säbel. Die Arme und Hände konnte er aber genau so wenig wiederfinden wie die Beine. Er nahm sein Schnitzmesser zur Hand und ersetzte die vermißten Teile, verpaßte dem Engel auch neue Farbe und drückte ihm schließlich den Degen in seine rechte Faust.
So hing der Erzengel Gabriel, auf ihn deutete die ursprüngliche Farbgebung seiner Gewandung hin, seit Weihnachten 1930 wieder über der Gemeinde - bedrohte aber nun jeden mit seinem gezückten Degen.
Küster Müller war sehr stolz auf seine so sehr gelungene Restaurierung und auch das ganze Dorf erfreute sich dieses „Schmuckstücks unseres Gotteshauses", wie es in der Chronik hieß.
Niemand aber kam auf den Gedanke, daß man dem armen Engel Gewalt

angetan hatte, als man ihn von einem Taufengel zu einem Racheengel umwandelte - der nun jedermann Angst einflößte, so als wollte er ihn abmurksen. Der Dorfkünstler kannte offensichtlich dessen frühere Funktion nicht mehr, vermißte die Taufschale nicht und der zufällig gefundene Degen wurde dem Jesendorfer Engel zugeordnet.
Ursprünglich mag der Degen zu einem mittlerweile abgenommenen und verschwundenen Epitaph, einer Gedenktafel für einen verstorbenen Offizier gehört haben - oder er war der Kavaliersdegen eines hier bestatteten Gutsbesitzers.

Von alters her war aber der Erzengel Gabriel ein friedlicher Bruder, dem es niemals in den Sinn gekommen wäre, auf andere Leute gewaltsam loszugehen und auf sie einzudreschen. Deshalb sollten wir etwas näher auf ihn einzugehen.
Gabriel war einer der vier Erzengel, die in der Bibel mit Namen genannt sind - übrigens alles Männer. Fliegen konnte keiner von ihnen, denn die Flügel wurden ihnen erst nach dem vierten Jahrhundert von Künstlern, Malern und Bildhauern angedichtet.
Diese wollten damit darstellen, daß göttliche Boten nicht an irdische Zeit und Raum gebunden sind, wenn sie ausrichten, was der Herr des Himmels und der Erde sie verkünden läßt.
Dabei hatte Gabriel - wie die Heilige Schrift besagt - immer nur Gutes zu verkündigen, was dem Menschen zum Segen gereicht - und das von Anbeginn an, also von seiner Taufe an.
So dürfte es als sicher gelten, daß dieser umfunktionierte Jesendorfer Gabriel ursprünglich gewiß wie alle Taufengel auch eine Taufschale in seinen ausgestreckten Armen vor sich hielt, niemals aber etwas, womit man jemanden vom Leben zum Tode befördert.
Daran sieht man wieder einmal, was Menschen alles anstellen, wenn sie den Dingen nicht auf den Grund gehen.
Auch der Umgang mit solchen himmlischen Boten will recht verstanden sein. Sonst kommt zuweilen das Gegenteil des ursprünglich Gemeinten zustande!

Allerlei Wunschträume

Martin Möllers Lebenstraum war ein Grundstück im Grünen. Darin unterschied er sich gar nicht von Millionen Deutschen. Und doch gibt es Unterschiede, was solche Wunschträume anbelangt - wie ein Sprichwort sagt:
„Wat denn einen sien Uhl, is denn annern sien Nachtigall“

So hatte Martin Möller im zweiten Jahr nach der Wiedervereini gung der beiden Teile Deutschlands seine unverheiratete Tante zu Grabe tragen müssen und deren Nachlaß ehrlich mit seinem Bruder geteilt. Dadurch wurde er in die glückliche Lage versetzt, der Verwirklichung seines Traumes ein beachtliches Stück näher zu kommen. Das war auch immer dringlicher geworden.
Die örtliche landwirtschaftliche Produktionsgenossenschaft, in deren Wohnblock er hoch unterm Dach bescheidene 2-Zimmer bewohnte, hatte an dem maroden Gebäude nichts mehr getan, seitdem alle anderen Bewohner dieses Hauses auszogen.
Das Ehepaar Möller hatte bei der Einführung der D-Mark-Währung 1990 zwar wie jeder hierzulande auch die Hälfte ihrer Ersparnisse eingebüßt, doch wurden ihnen danach ihre Genossenschaftsanteile von der LPG ausgezahlt.
So ausgestattet konnten die Möllers sich nun nach einem Grundstück umsehen, um ihre Baupläne ernsthaft voranzutreiben. Am Stadtrand ihres Heimatortes wurden sie fündig. Etwas abseits der Hauptdurchgangsstraße, aber durch einen Zufahrtsweg erreichbar, schloß sich an ein Gartengelände ein kleines ungepflegtes Waldstück an, mit Birken, Tannen und Gesträuch. Dieses Grundstück gehörte, wie sie erfuhren, einer Frau in der Nachbarschaft, die auch zum Verkauf bereit war.

Möllers gingen nach der Grundstücksübertragung und Begleichung einer nicht unerheblichen Kaufsumme unverzüglich daran, die Fläche für den Hausbau zu beräumen. Mit Beil und Säge rückten sie den Büschen und Kusseln zu Leibe, die sich aller Orten auf dem wüsten Gelände ausgebreitet hatten.
Dabei machten ihnen zugewachsene Erdhaufen und ehemalige Gräben zu schaffen, deren Zweck und Herkunft sie sich nicht zu erklären vermochten.
Auch die alte Nachbarin, deren Besitz auf Möllers übergegangen war, konnte ihnen nur sagen, daß Hügel und Grabenstücke schon vorhanden waren, als ihre Großeltern zu Kaiser Wilhelms Zeiten dieses Grundstück zusammen mit dem daneben liegenden Ackerland erwarben.
Recht bald, so schien es, sollten sie fachkundige Auskunft hierüber erlangen.
Schon kurz nach Beginn ihrer Rodungsarbeiten stoppte an einem sonnenüberstrahlten Frühlingstag ein Radfahrer mit schwarzer Baskenmütze und grünem Lodenmantel an ihrem Zufahrtsweg und schaute ihrem Tun zu. Dann umkreiste er sie in weitem Bogen, verschwand hinter den Gebüschen und Erdhaufen und tauchte dann nach einer Weile mit hochrotem Kopf in ihrer Nähe wieder auf.
Möllers wurden nun auf ihn aufmerksam und hielten inne.

Was wollte der Grünrock auf ihrem Grundstück? Außer ihnen hatte hier doch niemand etwas zu suchen. Aber dem war offenbar nicht so. Der junge Mann trat näher und fragte, ob sie die Besitzer wären.
Martin Möller bejahte und erklärte auf Befragen freimütig Näheres über seine Baupläne. Erregt entgegnete der junge Mann nun aber, sie möchten unverzüglich davon vorerst Abstand nehmen. Er wäre ehrenamtlicher Bodendenkmalpfleger und habe den wohlbegründeten Verdacht, daß dieses Gelände historische Zeugnisse der jahrtausendalten Vergangenheit unseres Landes bergen könnte.
Die Grabenreste und Bodenaufwürfe schienen ihm darauf hinzudeuten.

Nein, da dürften Möllers vorläufig gewiß nicht bauen, wo noch ausgiebige Probegrabungen stattzufinden haben!
Martin Möller und seine Frau erschraken zutiefst, hatten sie doch ihre Erbschaft und Ersparnisse zu einem beachtlichen Teil nur darum in den Grundstückskauf investiert, um hier noch im selben Jahr ihr Traumhaus zu errichten.
Aufgebracht bestritten sie dem jungen Mann das Recht, ihnen ihr Tun zu verbieten. Oder aber er sollte doch sogleich das Nötige veranlassen, daß sie ihre Baupläne umgehend realisieren könnten!
Der schüttelte den Kopf - nein, er und sämtliche Kollegen seien gegenwärtig noch mit den Bodenfunden beim bevorstehenden Autobahnbau über alle Maßen befaßt und das noch auf Jahre hinaus. Vorläufig sei nicht daran zu denken, daß auch hier offiziell der Spaten angesetzt werden könnte.
Möllers schrieben dennoch gleich an die ihnen genannten zuständigen Dienststellen mit der Bitte, ihnen baldigst Freiraum für den Bau zu gewähren.
In ihrem Alter, die Rente war bereits beantragt, zählte schließlich jedes Jahr - und ihr Verbleiben im bisherigen LPG-Domizil wurde mehr und mehr unerträglich. Ein Vierteljahr verging, fast ein halbes, bis ihnen mitgeteilt wurde, daß ihrem Wunsch vorerst nicht entsprochen werden kann.

Nur der grüne Jüngling erschien wieder auf ihrer zukünftigen Baustelle, hatte diesmal Maßband und Kartentasche dabei, kroch hierhin und dorthin und zeichnete emsig fein säuberlich Kreise und Quadrate auf, deren Gesamtbild den Verlauf von Erdaufwürfen und Grabenresten so wiedergaben, als wenn sie sich leidlich zum Schaubild einer burgähnlichen Befestigungsanlage zusammenfügten.
Möllers konnten es sich nicht verkneifen, ihm dabei auch über die Schulter zu schauen, doch es fehlte ihnen an der unbedingt nötigen Phantasie und Vorstellungskraft, denn sie konnten im Gewirr ihres Grundstücksterrains absolut nichts derartiges erkennen.

Der Hobbyarchäologe blieb jedoch wichtig bei seiner Hypothese. Seine Angaben reichten dem Bauamt bei der Kreisverwaltung immerhin, daß Möllers die Bebauung ihres Grundstücks nicht in Aussicht gestellt werden konnte, obwohl zugegebenermaßen dieses Gelände in keiner Karte oder Kartei als ausgewiesenes Bodendenkmal erfaßt war.
Jahr um Jahr verging über Anfragen, Anträgen, Widersprüchen. Die Wüstenei des Wäldchens blieb ein Stück unberührter Natur, für die die Möllers alljährlich ihre Grundsteuer zu entrichten hatten.
Ihr LPG-Gebäude verfiel indessen weiter und sie mußten sich eine neue Bleibe suchen. Die Hoffnung auf die Erbauung ihres Häuschens im Grünen sank mehr und mehr.
Nur selten noch lenkten sie ihre Schritte zum Objekt ihrer Wünsche. Einmal trafen sie dabei zufällig den Grünling an, der sich hier gar mit einem Spaten zu schaffen machte. Wie man an den etwas weniger frischen Erdaufwürfen sah, war es offensichtlich nicht das erste Mal.
Verlegen mußte er ihnen eingestehen, daß er - außer im Erdreich verborgenen Hausmüll - keinen erhofften Aufschluß über das historische Erbe zu Tage gefördert habe.
Doch gelassen meinte er, was in Jahrtausenden dem Boden überantwortet wurde, kann nimmermehr in Kürze ans Licht kommen. Hier wäre noch viel zu tun!
Es schien, als habe er sich vorgenommen, diese Örtlichkeit als sein Lebenswerk frei zu graben!
Dem Rentnerehepaar Möller, so meinte es gewiß zu recht, blieb allerdings nicht soviel Zeit! Ihre Klagen und Beschwerden fanden kein Gehör.
Die Jahrtausende, die auf ihrem Bauplatz ihre Spuren hinterlassen haben könnten, waren stärkere Argumente! Sie mußten sich dieser Behauptung beugen und verzagten am Ende.
Die beiden Alten verfluchten ihre Fehlinvestition, sowie die vielen Formulare und Paragraphen und die Leute, die dem jungen Mann in Grün offensichtlich eine bedeutende archäologische Kompetenz beimaßen!

So kam es, daß Möllers schließlich ihren Lebenstraum begruben und daß bis zum heutigen Tage ihr Wäldchen ganz einsam, wüst und gänzlich unbeachtet am Rande ihrer Heimatstadt als ein Stückchen unberührter Natur daliegt. Es weiß wohl noch auf lange Zeit niemand zu sagen, ob wirklich Geheimnisse und Schätze vergangener Jahrtausende unter seinem Sand und Buschwerk lagern.
Auf den naheliegenden Gedanken, daß schon vor hundert oder mehr Jahren eifrige Heimatfreunde an gleicher Stelle nach solchen Relikten der Vergangenheit - natürlich auch erfolglos - gruben und Spuren ihrer Grabungen hinterließen, ist indessen keiner der Beteiligten gekommen, am wenigsten der junge Mann, den der Atem der Geschichte sicherlich noch lebenslang in seinen Bann schlagen wird.

Wenn auch seine Suche sich als vergeblich erweisen würde, ist doch anzunehmen, daß er immerhin froh und glücklich darüber sein wird, wenigstens ein paar Schnecken und Fröschen, Würmern und Vögelchen ihr kleines Naturparadies erhalten zu haben.
Schließlich fehlt es auch unter schwarzer Baskenmütze und grünem Loden nicht an gewissen Wunschträumen!

Eine der schönsten Brücken in M/V verbindet Mirow mit der Liebesinsel

Zwei Handbreit – und 'ne Million !

Elli Frese mußte ganz schön pusten, als sie mit ihrem gelben Drahtesel den Landweg am Hang hinauffuhr. Sie war, wie man so sagt, eine kompakte Maschine und auch nicht mehr die Jüngste.
Der Ausbau, das Vorwerk hier draußen vor der Stadt, war alle Tage die letzte Station, wo sie ihre Post an den Mann brachte. Hinter den paar Häusern war die Welt zu Ende, weiter führte der Weg nicht mehr.
Nun ging´s nur noch über den Eisenbahnübergang, eine schmale Eisenbrücke, die nur manchmal ein Fahrzeug trug. Dann war sie schon am ersten Haus angelangt.
Elli sah in ihre lederne Tasche und bekam gleich einen ganzen Packen Briefe zu fassen. Wahrhaftig, heute hatte sie für jedes der fünf Häuser auf dem Ausbau etwas dabei. Wann war das schon mal vorgekommen? Sie konnte sich nicht entsinnen.
Verwundert drehte sie die langen Umschläge in ihrer Hand. Ja, dies war Behördenpost, das sah man gleich. Wirklich, auf allen Briefen prangte derselbe Absenderstempel „Bahnbauverwaltung Schwerin".
Was die wohl von den Leuten hier will, dachte sie bei sich, während sie zum ersten der Briefkästen ging.
Ein kleiner brauner Spitz bellte fürchterlich und riß sie aus ihren Gedanken. Doch der Hund war an seiner Hütte angebunden, also bestand keine Gefahr!
Wieder sah sie auf den amtlichen Stempel. Sie wußte genau, daß hier niemand etwas mit der Bahn zu tun hatte, war sie doch bis vor zwei Jahren, als ihre Mutter noch lebte, oft genug hier draußen gewesen.
Und nun, nach der Wende, war doch nur der junge Schult zugezogen, der den Bauernhof seiner Eltern übernommen hatte. Auch von ihm wollte das Bahnamt was. Seltsam!

Na, ihr konnt´s egal sein. Nach und nach klapperte sie alle fünf Häuser ab. Dann stieg sie wieder aufs Rad und rollte nun ohne zu treten den Berg abwärts der Stadt zu.
Die Eisenbrücke über der eingleisigen Bahnstrecke rummelte unter ihr. Mit der Zeit ist sie doch ganz schön klapprig geworden, kam ihr in den Sinn. Aber der dicke Bauer Schult mit seinem Trecker und den Landmaschinen muß ja auch darüber, also kann mir ja nichts passieren, beruhigte sie sich. Dann war sie auch schon an der Chaussee zur Stadt angelangt, dort hieß es mächtig auf den Verkehr acht zu geben.

Hinter der Postfrau machte sich indessen der alte Karl Schlüter an seinem Briefkasten zu schaffen. Er bekam nicht oft Post und hatte Elli Frese durchs Fenster gesehen. Ein kleiner Schnack mit der Tochter seiner früheren Nachbarin wäre ihm recht willkommen gewesen, doch sie hatte sich ja nicht lange aufgehalten und hatte es heute offenbar eilig.
Ärgerlich brummelte er etwas vor sich hin und fingerte dann seinen Brief aus dem Kasten. Dann ging er zum Schrank und suchte hier nach seiner Lesebrille. Ja, da lag sie! Er schob sie auf der Nase zurecht, riß das Ding auf und sah verwundert auf den Absender.
Nanu! Was hatte er wohl mit dem Bahnbauamt zu tun? Allein, daß die Reichsbahn seit eh und je alle Tage die paar Züge an seiner Haustür vorbeirollen ließ, die auf dieser Nebenstrecke verkehrten. Er selbst war schon über Jahr und Tag nicht mehr mit dem Zug unterwegs gewesen. Und nun wollten sie amtlich von ihm etwas! So was!
Karl riß die Augen auf, je weiter er den Text überflog. Stand dort doch tatsächlich, daß er Mitbesitzer des Eisenbahnbrückenübergangs vor seinem Grundstück sei und mit dafür sorgen sollte, sie in einen guten Zustand zu versetzen und auch zu unterhalten!
Er griff nach dem Stuhl, mußte sich setzen. So was haut einen ja um!
„Dunnerlüchting! Karl Schlüter und Brückenbesitzer! Ne, das kann ja woll´ nich´ wahr sein!"
Er fing noch einmal von vorn zu lesen an, indem er Wort für Wort laut

vor sich hin sprach . . . .
„Wahrhaftig, hier steht es schwarz auf weiß: das Ding liegt an meiner Grundstücksgrenze und auf Grund der neuen Eisenbahnübergangswegeordnung sind alle Brückenübergänge, die nicht breiter als zwei Meter und fünfzig Zentimeter sind, künftig nicht mehr von der Bahn zu unterhalten, denn die Bahn muß sparen. Vielmehr wären dafür die Anlieger zuständig, und das bin ich demnach auch!
Denn - so steht hier - meine Brücke mißt nur zwei Meter dreißig in der Breite. Jawoll!"
Karl bleibt die Luft weg. Er und Brückenbesitzer! Er schüttelt den grauen Schädel.
Im gleichen Augenblick ist ihm auch klar: *„Das kann teuer werden! Die Bahn hat doch, solange ich denken kann, an ihr nicht einmal rumgebessert. Und eine Instandsetzung ist notwendig, steht hier zu lesen. Dafür soll ich, der Rentner, nun aufkommen!"*
In seiner Aufregung ist er aufgesprungen. Es hält ihn nicht länger in seiner Stube. Nebenan bei Bauer Schult und Mutter Baumann hat die Postbotin ja auch etwas abgegeben. Deren Grundstücke liegen doch ebenfalls direkt neben dem Übergang und Schults Äcker und Wiesen auf der anderen Seite. Schlüter vergißt, die Haustür abzuschließen und stakt rüber zur Nachbarin.

Richtig, Mutter Baumann sitzt achtern in ihrer Küche auch schon über ihrem Brief und buchstabiert das Bürokratendeutsch. Sie ist wahrhaftig auch „Eigner" der Überführung, wie es im Schreiben heißt!
„Das ist doch nicht zu fassen! Was soll ich damit? Will die Bahn mich alte Witwe zum Narren halten?"
Sie hält Karl den Brief entgegen. Dann schiebt sie sich die Brille in die Höhe und gnarrt vergnatzt: *„Was denken die sich in Schwerin bloß! Wie soll ich mit meiner kleinen Rente für das Bauwerk aufkommen? Karl, sag du mir, wie! Du hast doch 'nen anschlägschen Kopp, sag, was wir mit der Brücke sollen?"*

„Och, das ist doch klar", gibt der zur Antwort, *„wir sollen das Ding selber instand halten, wenn wir noch länger darüber in die Stadt wollen. Das gibt für uns ja gar keinen andern Weg. Und wenn da nicks d'ran gemacht wird, macht die eines Tags 'n Abgang, das hab ich ja all lange gesagt! - So 'n Schiet!"*
Ärgerlich kratzt er sich hinter dem Ohr. Das hilft sogar, denn er hat einen Einfall.
„Weißt du was, Mudder Baumann?" Er sieht sie fragend an. *„Wir gehen nu erst mal rum zum jungen Schult. Der is doch all solange im Westen gewesen und kennt sich mit den Ämtern besser aus als wir. Wollen doch mal eins sehen, was der hierzu sagt. Ihm haben sie die Brücke doch genau so übergehängt wie uns, denk ich."*

Sie treffen Erwin Schult in seiner „Guten Stube" gleich vorn neben dem Hauseingang an, wo er gerade das Telefonbuch zur Hand genommen hat. Mit vor Erregung gerötetem Gesicht sitzt er am Schreibtisch neben dem Fenster. Der Stuhl kann den stabilen Bauern kaum tragen. Seine Frau ist bei ihm und hält den Ofen fest - oder vielmehr der sie, denn Erwin hat ihr just eröffnet, daß sie auch Eisenbahnbrückenübergangswegbesitzer ist.
Mit fahrigen Fingern sucht er nach der Nummer vom Bahnbauamt und schimpft dabei lauthals: *„Das ist mir ein schöner Verein! In DDR-Zeiten haben die nichts an der Brücke getan. Und nun sitzen wir damit an!"*
Immer umschichtig gnurren die beiden, was jetzt wohl alles auf sie zukommen wird.
„Ich muß doch mit meinem Trecker und dem Hänger über die Brücke! Es gibt keinen andern Weg. Den hat es früher schon gegeben, als die Bahnstrecke gebaut wurde. Das ist mehr als hundert Jahre her! Nein, ohne die Brücke kommen wir nicht aus! Doch darf die Bahn uns jetzt einfach damit sitzen lassen?"
Der Bauer wendet sich der alten Baumannschen zu: *„Zumindest muß die Bahn die Instandsetzung übernehmen, bevor wir die Brücke annehmen! Und schließlich muß auch die Gemeinde mit dafür aufkommen"*

Dies war ihm gerade eingefallen und dort fragt er nun zunächst nach. Er bekommt aber keine Verbindung. *„Tüt-tüt-tüt“* - das ist alles. Besetzt! *„Na, dann also zuerst das Bahnbauamt!”*
Bei Amtmann Stoffersen will er sich kundig machen, der hatte das Bahnschreiben unterschrieben. Doch auch dort hat er kein Glück. *„Der Herr ist nicht im Hause”*, heißt es.
Aber mit dem Regionalbahnbauamt klappt die Verbindung auf Anhieb, an das man ihn verweist.
Hier ist ein gewisser Ihrke am anderen Ende der Leitung, der weiß tatsächlich Bescheid, denn der hatte den Vorgang bearbeitet und nahm sich nun Zeit für eine ausführliche Auskunft:
„Ja, die neue Eisenbahnübergangswegordnung hängt mit der Privatisierung der Bahn zusammen. Sie muß sparen und gibt die schmalen Übergänge überall ab.
Erwin Schult und die anderen Grundstückseigentümer auf dem Vorwerk sind seit dem gestrigen Tage tatsächlich als die unmittelbaren Nutzer und Anlieger ohne ihr Zutun Besitzer geworden, waren vielleicht ohne es zu wissen, schon immer Eigentümer des Grund und Bodens, seit ihnen die angrenzenden Grundstücke gehören. Denn beim Bau der Bahnstrecke hat man anno Tobak den Übergang darauf anlegen müssen, da der alte Landweg zur Stadt durch die Bahnlinie abgeschnitten wurde“.

Den Bauern hält es nicht länger auf seinem Stuhl. Er fällt Ihrke ins Wort: *„Es muß doch wenigstens Ausnahmen geben!“*. Der Bahnmann bleibt die Ruhe selbst. *„Hmmm”*, meint er, *„anders wäre es nur, wenn ihre Brücke 20 Zentimeter, zwei Handbreit, breiter wäre, dann wäre die Bahnbauverwaltung weiterhin zuständig gewesen! Aber nun müssen sie das Ding so übernehmen wie es ist und es außerdem dringend - er wiederholte sich - sehr dringend instand setzen.”*
Er selbst hätte das Gutachten über ihren schlechten Zustand gelesen, das auch schon an das Bauamt bei der Landkreisverwaltung abgegangen ist. Von dort würden Schult und seine Nachbarn sicher bald eine Reparaturbeauflagung erhalten, denn ohne Reparatur müßte die Brücke gesperrt

werden. Und auf 'ne kleine Million Kosten müßten sich die Brückenbesitzer schon einstellen, die tragenden Lager sind ja auch zu verstärken"
Dies wurde Schult freundlichst unter die Weste gedrückt. Dessen breites Gesicht färbte sich mehr und mehr bedrohlich rot, je mehr er über seine jüngste Errungenschaft erfuhr.
Er konnte nicht mehr an sich halten. Am liebsten hätte er diesem Bahnmenschen den Hörer an den Kopf geknallt! Ne lütte Million sollte er blechen dafür, daß die Brücke nicht 20 Zentimeter breiter war!

Bauer Schult schmiß den Hörer auf die Gabel und wandte sich den anderen Brückenbesitzern zu: *„Ist das zu glauben? Zwei Handbreit - und das kostet uns 'ne Million!"*
Er kam gar nicht über diese Aussicht hinweg. Ne, dafür lohnte es sich schon, auf stur zu schalten.
„Ich muß doch erst mal eins nachmessen!", meinte er dann, als er sich wieder gefaßt hatte, schnappte sich einen Zollstock aus der Borte und stürmte auf der Stelle mit großen Schritten hinaus, während seine Frau und die beiden Nachbarn nun weiter ihre Befürchtungen austauschten.
Hmm, mußte Schult sich indessen eingestehen, davon biß keine Maus einen Faden ab - seine Brücke war akkurat zwei Meter und dreißig Zentimeter breit! Das war nun einmal so!
Ein Zug rollte unter ihm durch, das ganze Eisengestell schüttelte sich wie ein unwilliges Pferd. Die gemauerten Lager, so sah er, glichen einem alten Zahngebiß. Die Träger zeigten rotbraune Roststellen.
Nachdenklich ging er zurück aufs Gehöft. Sein Besuch sah sogleich, daß er keine gute Nachricht mitbrachte. Was war zu tun? Ratlos sahen sie ihm entgegen.
Eine Weile verging schweigend.
Dann meinte er: *„Am besten ist's, wir bilden einen Brückenübergangswegeignerverein, so wie der Bahnmensch uns das vorgeschlagen hat. Natürlich müssen auch die anderen beiden Hausbesitzer Mitglied werden, die hier draußen ihre Datschen haben und sich nur im Sommer*

sehen lassen. Und die Gemeinde muß auch mit dazukommen."
Er hielt einen Augenblick inne und dachte nach.
„Warum sind wir nicht gleich d'rauf gekommen? Überhaupt, die Gemeinde ist doch überall auf ihrem Gebiet für die Unterhaltung der Wege und Straßen zuständig, wieso denn nicht auch für unsere Brücke?"

Karl Schlüter kannte Bürgermeister Struck aus alten Zeiten und erbot sich, mit dem zu sprechen. Bauer Schult schob ihm das Telefon hinüber - vielleicht hatte Schlüter diesmal mehr Glück als er vordem.
Das Rathaus stellte auch gleich durch. Struck war zu sprechen und hörte geduldig zu, als Karl ihm die Sache lang und breit vortrug.
„Ne", sagte der Bürgermeister dann, als er etwas nachgedacht hatte: *„die Gemeinde hat für so ein großes Vorhaben gewiß keine Mittel. Der Übergang liegt doch auch ganz am Rande unserer Feldmark und nicht auf dem Gemeindeland und allein die Leute auf dem Vorwerk haben Nutzen davon. Auf eurem Grund und Boden ist der Übergangsweg doch seinerzeit errichtet worden. Dann müßt ihr wohl oder übel auch dafür aufkommen.*
Ja, das ist eben Pech, daß der Übergang nicht so breit ist, daß die Bahn dafür sorgen muß. Dies kommt eben bei der Privatisierung heraus, daß der Privatmann dann mit einem maroden Bauwerk sitzen bleibt.
Aber vielleicht ließen sich ja noch Fördergelder vom Land als Zuschuß dafür flüssig machen. Ich will mich danach umsehen und dann Bescheid geben, damit ihr einen Antrag stellen könnt.
Und das mit dem Brückenbauverein halte ich für eine gute Idee."
Schlüters Gesicht wurde lang und länger.
Er sagte gar nichts mehr und dankte dem Bürgermeister. Was sollte er auch weiter tun? Hier war vorerst also auch keine Aussicht, daß sie ihre Eisenbahnbrücke wieder los werden könnten.
Mudder Baumann jammerte währenddessen immer noch von ihrer mageren Rente - von den 700 Mark könnte sie doch nichts für die Reparaturen abgeben!

Schlüter stimmte ihr zu, ihm ging es ja auch nicht anders.
Auch Erwin Schult war nicht wohl bei dem Gedanken, daß er eine Million Schulden für das Ding mit übernehmen sollte. So aus dem Handgelenk kam auch er nicht zurecht mit dieser Sache. Das waren ja schlimme Aussichten!
„Kommt Zeit, kommt Rat! Auf'n Sturz können wir sowieso nichts ändern", schlug er schließlich vor.
„Wir wollen über der Sache erst mal eins schlafen gehen. Schimpfen und Klagen hilft ja auch nicht weiter. Fakt ist, daß wir die Brücke brauchen und das Ding in einem solchen Zustand ist, daß etwas daran gemacht werden muß. Und daß sie uns wohl nun mal gehört. Die 20 Zentimeter, die sie zu schmal ist, bringen uns 'ne volle Million Schulden ein, wenn wir keinen Ausweg finden, das ist nun mal so!"

Doch dann gab man erst einmal auch den beiden Ferienhausbesitzern Nachricht, deren Briefe noch in den Briefkästen lagen. Vielleicht hat ja einer von denen einen guten Einfall, wie man den neuen Besitz wieder abstoßen könnte.
Und tatsächlich, es war an dem. Beide fielen auch aus allen Wolken bei dieser Hiobsbotschaft. Der eine, ein in die neue und alte Mecklenburger Hauptstadt aus dem Westen zugezogener Lübecker, wollte gleich seinen Rechtsanwalt verständigen, damit dieser den Brückenbauverein gegenüber der Bahnbauverwaltung vertreten sollte.
Der andere aber, ebenfalls ein Schweriner, hatte einen Freund ausgerechnet im zuständigen Kreisbauamt, auch einen pfiffigen Wessi.
Der Datschen- und Brückenbesitzer erzählte dem bei einem oder auch mehr Gläsern Bier haarklein von ihren Nöten.
Hier war man an der richtigen Adresse!
Der gute Freund ließ sich die Unterlagen kommen und gab ihnen so ganz privat den rettenden Tipp, was zu tun sei, um die Brücke mitsamt der drohenden Million Schulden loszuwerden.
Das Gutachten besagte doch, daß der Übergang unbedingt stabilisiert werden muß. Also, denn man los damit! An jeder Seite der tragenden

Konstruktion müßte nur noch ein eiserner Doppel-T-Träger angeschweißt werden - und schon wäre diese Erfordernis erfüllt. Damit schlägt man dann gleich zwei Fliegen mit einer Klappe: erstens ist das Bauwerk nun sicherer und zweitens auch breiter, gut zwei Handbreit, 20 Zentimeter! Aber bei einer Gesamtbreite von zwei Meter fünfzig ist dann die Bahnverwaltung wieder dafür zuständig! Die müßte also letztlich auch die Kosten tragen!
Dieser Rat war wirklich Gold wert!
Die fünf Grundbesitzer auf dem Vorwerk hatten davon zwar noch allerhand Lauferei und Elli Frese mußte noch so manche amtliche Briefpost auf den Ausbau befördern.

Doch am Ende saß Bahnamtmann Stoffersen mit dem Übergangsweg an, der nun wieder in seine Zuständigkeit fiel!
Kamen die Kosten auch nicht ganz auf eine volle Million zu stehen, mit süßsaurer Miene mußte er die Rechnungen übernehmen.
Auf dem Vorwerk aber konnte man fortan wieder ruhig schlafen und über Jahr und Tag war dort die neue Eisenbahnbrückenübergangswegordnung fast vergessen.
Doch der Schock hatte sie alle zutiefst getroffen - nur von zwei Handbreit hing es ab, daß sie beinahe ganz arme Schlucker geworden wären!

„Zeit ist Geld“ weiß man in Meck-Pomm und kürzt rigoros zu lange Sitzungen. In Rostock steht die wohl teuerste Toilette Deutschlands, für 240.000 DM errichtet. Dafür öffnet sich die Tür nach 20 Minuten „Sitzung“ automatisch und die Öffentlichkeit ist wieder hergestellt.

Gisela macht Mist

Wirklich, die Sache stinkt zum Himmel, befanden auch die Neubrandenburger Amtsrichter. Gisela Kohlemacher machte Mist! Gisela ist nicht irgendwer. Sie ist Kreisvorsitzende ihres Gewerkschaftsbundes in einer der größten Städte Mecklenburgs. Und sie schlüpfte höchstpersönlich in einen grünen Overall und griff zur Mistforke. Warum?
Nun, es sollte zum Himmel stinken vor aller Augen vor dem Hause des Bundestagsabgeordneten Paul Krüger.
Jeder sollte über den Misthaufen vor dessen Haustür die Nase rümpfen, um zu kapieren, daß seine Partei in Bonn, die gegenwärtig die Regierung stellt, Mist gebaut hatte. Deren Spargesetze gefielen Gisela nicht, ebensowenig wie ihrer Gewerkschaft.
Also schritt man zur Protestaktion in Form einer hochbeladenen Fuhre Pferdemist, deren wohlgeformte Äpfel - dieses sollte vor Gericht eine vielbeachtete und heiß umstrittene Rolle spielen - nun den Zugang zu Krügers Domizil blockierten.

Die Gewerkschafterin hatte in ihrem Eifer bei dieser Aktion eines übersehen. Außer dem Wahlkreisbüro des Mecklenburgischen Bundestagsabgeordneten und seiner Privatwohnung befand sich im Obergeschoß des Hauses auch noch eine Rechtsanwaltskanzlei und solcherart Damen und Herren haben einen feinen Riecher.
Die witterten denn auch sogleich, daß Gisela es war, die hier Mist gemacht hatte und schritten nun umgehend ihrerseits zu einer Aktion, die Gisela teuer zu stehen kommen sollte.
Giselas Misthaufen vermieste ihnen doch solange das Geschäft, als er nicht stantepede abtransportiert wurde. Da dieselbe keine Anstalten dazu

machte, orderten die Anwälte eine Reinigungsfirma und präsentierten dem Kreisverband der Gewerkschaft daraufhin eine gepfefferte, wohlgegliederte und spezifizierte Rechnung über 644 Mark und 72 Pfennige, säuberlich aufgeschlüsselt nach Arbeitsstunden und technischem Aufwand einschließlich Desinfektion des Hauseingangsbereiches.
„So ein Mist!" empörte sich Gisela Kohlemacher und meinte damit ihrerseits das Vorgehen der Kanzlisten, die sie doch gar nicht in ihre Protestaktion einbeziehen wollte.

Sogleich schrieb sie den Herren und Damen im Obergeschoß einen Brief und rechnete ihnen vor, daß die Abfuhr der Pferdeäpfel unmöglich 14 ½ Arbeitsstunden (wie berechnet) in Anspruch nehmen konnte.
„Die haben wohl bei der Reinigung Eierlöffel und Kuchengabeln statt der Mistforken benutzt", konterte sie. Sie stelle gerne ihre eigene Tätigkeit beim Abladen der Fuhre als vorbildlich hin, wobei sie mit zarter Hand und mit Hilfe eines, einer solchen Tätigkeit ebenfalls entwöhnten, Gewerkschaftlers nicht länger als zehn Minuten benötigt haben will. Außerdem müßte der Verkaufswert des verbrachten Pferdedungs guter Qualität von der Rechnung abgesetzt werden.
Darüber hinaus könne der Mist die Nasen der Anwälte mitnichten penetrant geplagt haben, denn aus eigener Anschauung wisse sie, daß er nur von trockener, eher fester Beschaffenheit gewesen sei, was ihre Protestaktion leider sogar beeinträchtigt habe. Folglich sei jegliche kostenträchtige Desinfektion des Hauseinganges überflüssig gewesen!
„Jawohl, ich habe Mist gemacht, aber aus gutem Grund!", gab Gisela schließlich auch zu, als es dann zu einer gerichtlichen Klage der Anwaltskanzlei vor dem zuständigen Mecklenburg-Vorpommerschen Amtsgericht kam. *„Aber"*, so erklärte sie den Herren in den schwarzen Roben, *„es war doch schließlich nur ein bescheidener Protest mit einer den städtischen Verhältnissen angepaßten trockenen Ladung tierischer Produkte, gut abgelagert und in einer ihren Protest nur symbolisch demonstrierenden geringen Menge"*.

Die Beklagte machte daraufhin Anstalten, dem hohen Gericht des langen und breiten die Konsistenz, Qualität und aktuelle Beschaffenheit des fraglichen Pferdedungs zu schildern und meinte abschließend, zum Zeichen ihres guten Willens wäre sie bereit, eine Pauschale von 200 Mark für die Reinigungskosten zu bezahlen.
Doch die Vertreter der Anwaltskanzlei hatten längst auch ihrerseits ein Geschäft in der Klärung dieser anrüchigen Angelegenheit gerochen, lehnten ab und es kam zu einer erneuten Verhandlung.
Jetzt wurd´s teuer!
Nun half auch nicht der Protest des inzwischen zur Hilfe herbeigeholten Rechtsbeistandes der Gewerkschaft, der eloquent ebenfalls den Misthaufen in ein symbolisches Protesthäuflein herunterzuargumentieren suchte.

Das corpus delicti war zwischenzeitlich in den frisch angelegten Spargelbeeten eines Kleingärtners nicht mehr für einen Ortstermin zugänglich. So warteten die Richter denn nicht noch erst auf das beantragte Gutachten von Fachleuten und fällten ihren Schiedsspruch auf Grund eigener einschlägiger Kenntnisse tierischer Hinterlassenschaften.
Die Sache stinkt uns schon viel zu lange, hieß es also, und ihr Urteil gab dem Bundestagsabgeordneten samt der Anwaltskanzlei schließlich die Genugtuung, daß nicht sie zur Begleichung der Rechnung verpflichtet sind, sondern Gisela voll dafür aufzukommen habe, daß sie am 2. September 1994 auf offener Straße solcherart Mist gemacht hatte!
Damit war ja wohl diese anrüchige Geschichte aus der Welt, möchte man meinen.
Doch dor hett ne Uhl säten!
Kaum zu glauben - aber Gisela Kohlemacher gab nicht auf! Ihre gewerkschaftlichen Berater legten Berufung gegen den Schiedsspruch ein. Man meinte, soviel Geld gäbe die Gewerkschaftskasse nicht her und ließ es auf eine Berufung ankommen. Dieser Rechtsstreit mußte sich jetzt allerdings gegen die Anwaltskanzlei als Hauseigentümer richten.

Darüber entschwand zu Giselas großem Bedauern der Bundestagsabgeordnete Krüger - inzwischen Sprecher der ostdeutschen Fraktion der von ihr ungeliebten Partei, den sie doch so penetrant aufs Korn genommen hatte - gänzlich aus dem Treffen. Der konnte im fernen Bonn in aller Gelassenheit den Fortgang der Dinge in Zeitung und Fernsehen verfolgen.

Also mußte das Gericht in Neubrandenburg aufs Neue seine Nase in diese delikate Angelegenheit stecken und tat das auch ausgiebig. Ein volles Jahr nach der ersten Entscheidung war nunmehr das Ausmaß der Belästigung durch Giselas Protestaktion zu werten, natürlich wiederum in Abwesenheit des corpus delicti, sprich der Pferdeäpfel. Diese hatten dem Laubenpieper inzwischen eine erfreuliche Spargelernte beschert.
Die Gewerkschafter boten zwar jetzt etwa die Hälfte der von den Anwälten verlangten Reinigungskosten an, doch diese erwiesen sich als coole Kontrahenten, die der Reinigungsfirma ihre Forderung in voller Höhe zugestanden wissen wollten.
In anderen Teilen der Welt wäre der endgültige Beschluß hinsichtlich Platzierung und Beseitigung des Misthaufens womöglich anders ausgefallen. Doch hier war man in Europas Mitte!
Man konstatierte, daß politische Meinungsunterschiede nicht in derart archaischer Weise zum Ausdruck gebracht werden dürfen!
So blieb es dabei, daß Gisela letzten Endes klein beigeben mußte und auch für die Kosten ihrer Aktion sowie der Juristen voll geradezustehen hatte. Betreten verließ sie samt ihrem Rechtsbeistand den Saal.

In der Gewißheit, einen wichtigen Beitrag für die Wahrung des Anstands und der guten Sitten in der deutschen Demokratie geleistet zu haben, verzehrten die Amtsrichter in der anschließenden Pause befriedigt ihre Butterbrote.

Strafe, wem Strafe gebührt !

Daniel Hoffmann versteht die Welt nicht mehr! Jedes Finanzamt gewährt edlen Spendern das Recht, Wohltaten vom zu versteuernden Jahreseinkommen abzusetzen in Anerkennung ihrer Hilfsbereitschaft, sei es gegenüber Parteien, Stiftungen oder gar auch bedürftigen verwandten Privatpersonen. Ihm aber blieb bislang solcherart Anerkennung seiner guten Taten durch Berufskollegen versagt. Im Gegenteil, seine Wohltat wurde unter Strafe gestellt!

Die bestand darin, daß er seine Frau unterstützte, daß er sich ihren Bitten nicht versagte. Für einen guten Ehemann sollte das ja selbstverständlich sein. Doch für ihn war es sogar strafwürdig! Wieso?

Nun, seine Ehehälfte und zwei ihrer Freundinnen, eine Dame von hohem Adel und eine Journalistin, nahmen sich eines Notstands an. Gemeinsam übten sie sich in lobenswertem Bürgersinn, einem Übel abzuhelfen.

Dieser Notstand bestand darin, daß in ihrer Heimatgemeinde keine spezielle Unterbringungsmöglichkeit für behinderte Kinder bestand, in der diese tagsüber gefördert werden konnten. Es gab jedoch einen leerstehenden Kindergarten, den man nur zweckentsprechend umzubauen brauchte.

Die dafür erforderlichen drei Milliönchen an privaten Spenden aufzubringen, hatten sich die drei vorgenommen.

Und eben für diesen guten Zweck einen speziellen Beitrag zu leisten, wurde Daniel Hoffmann von seiner Gertrude gebeten.

Was lag näher, als daß Daniel hierfür das tat, was entsprechend seinem Können und des Bedarfes am dringlichsten zu sein schien? So entwarf er nach des Tages Mühen Umbaupläne und Anträge in seinem Architektenbüro und stellte alles kostenlos dem Hilfskomitee zur Verfügung.

Nicht zuletzt machte es ihm eine besondere Freude, ein Werbeplakat mit dem Projekt zu entwerfen, natürlich auch dieses ohne jegliche Vergütung.
Für das Plakat verfaßte die hocherfreute Journalistin den angeschlossenen Werbetext und wies diskret auf die kostensparende Unterstützung des behindertengerechten Umbaus hin und schrieb auch, wer dort kostenlos wirkte. Gerade diese kleine Anmerkung seiner guten Tat sollte ihm zum Verhängnis werden.
Das trug Daniel Hoffmann nämlich eine Anzeige bei der Standesvertretung der Architekten ein. Solcherart unerlaubte Werbung für Daniel, so hieß es darin, schädige das Ansehen dieser löblichen Branche, welcher dies gemeinhin untersagt ist.
Demzufolge wurde er vor den Vorstand zitiert und zu einer Strafe von 4000 DM wegen unzulässiger Werbung für sich verurteilt, zahlbar an eine Hilfsorganisation, die das öffentliche Wohl auf ihre Fahnen schreibt.

Vergeblich führte der Architekt zu seiner Verteidigung nun an, daß sein als Standesschädigung angesehenes Tun doch eben jenem guten Zweck gedient habe, auch daß die Erwähnung seines Namens und Wohnortes im Werbeartikel ohne sein Zutun durch fremde Hand erfolgte.
Nein, hielt man dagegen, er, der selbst über Jahre dem Vorstand der Architektenkammer angehörte, er hätte wissen müssen, daß üblicherweise seinesgleichen keinen Handschlag ohne Erlangung einer pekuniären Gegenleistung tut und eine Abweichung von solchen Prinzipien nun einmal standesschädigend ist!
Der edle Spender stand so bei Lichte besehen als Missetäter da, der seinen Kollegen schändlich in den Rücken fiel. Eine empfindliche, standesgemäße Strafe muß also sein!
Ach, hätte Daniel Hoffmann sich doch aus den Spendengeldern mit einem saftigen Honorar für seine Zeichnungen und Bauanträge bedient! Er hätte dann auch weiterhin unbescholten seinem Architektendasein frönen können.

Und - sogar das hat man ihm zugebilligt - vom Erlös hätte er für diese Hilfsorganisation in Mark und Pfennig sein Scherflein zugunsten der Behinderten beisteuern können.
Der „Bösewicht“ zeigte Reue, doch es half ihm nichts. Er mußte sich freikaufen.

Kurios ist es allerdings: Daniel Hoffmann mußte natürlich nicht lange nachdenken, welchem Hilfsprojekt er die 4000 Mark Strafe zukommen lassen sollte!
Das Damentrio verbuchte sie allerdings ohne öffentliche Nennung von Namen und Ort.
Auch wird Daniel den Betrag jetzt ganz gewiß von seiner Jahressteuersumme absetzen, also zu Lasten der Allgemeinheit.
Und er darf gewiß sein, der Architektenvorstand ist auch zufriedengestellt. Für die Architektenkammer ist alles wieder im Lot - solcherart unentgeltliche Hilfe für Behinderte bleibt strafbar, sollte der Täter ruchbar werden!
Im Himmel, wo sonst, wird Daniel Hoffmann, der für seine Wohltat standesgemäß Gestrafte, wohl hoffentlich besser belohnt!

Alles begann . . . mitten in der Getreideernte . . .

Worauf es ankommt !

Alles begann an einem warmen Augustabend im vergangenen Jahr mitten in der Getreideernte. Den ganzen Tag schien heiß die Sonne und heiß war es auch auf Horst Strüwings Weizenschlag hergegangen, der sich schier endlos bis an die Grenzen der Deppendorfer Feldmark hinzieht.
Bis spät in die Abendstunden ratterten hier die schweren Erntemaschienen. Bauer Strüwing mußte noch lange nach Feierabend zusehen, daß er den reichen Erntesegen unter Dach bekam, denn für den nächsten Morgen war Regen angesagt.
Recht ermattet, aber doch froh über den guten Ertrag lenkte er den mächtigen Trecker, die jüngste Errungenschaft seines 220-Hektar-Hofes. Im Schlepp schunkelten hinter ihm zwei Großraumhänger bis oben hin gefüllt mit erstklassigem Korn.
Um die Verluste während des Transportes in Grenzen zu halten, mied er den ausgefahrenen Feldweg, der an seinem Gehöft endete. Zu dieser nachtschlafenen Zeit war ja ohnehin wenig Verkehr auf der Chaussee. Er würde trotz des kleinen Umwegs auf dieser auch bald zu Hause sein.

Die Dunkelheit war derweil voll hereingebrochen, als Strüwing vom Feld auf die Nebenstraße einbog. Dabei streiften die Lichtkegel seiner hoch angebrachten Scheinwerfer ein Personenauto am Straßenabhang, dessen Rückfenster im Lichtschein aufleuchtete. Offensichtlich war es von der Fahrbahn abgekommen.
Der Landwirt erschrak, dieses Unglück ließ ihn nicht kalt. Es war aber keine Menschenseele zu sehen.
Horst hielt an und inspizierte das Fahrzeug, dessen Bremsspur die Grasnabe am Straßenrand aufgerissen hatte. Nein, auch drinnen war niemand

sichtbar. Er griff nun zur Tür und versuchte sie zu öffnen. Sie war verriegelt, offenbar abgeschlossen. Seltsam, schoß es ihm in den Sinn. Er wandte sich wieder seinem Schleppzug zu. Immerhin war hier niemand zu Schaden gekommen! Noch mal Glück gehabt!

Zurück auf der Fahrbahn angekommen, hörte Horst eilige Schritte. Ein Mann kam ihm entgegen gelaufen, der bereits auf dem Weg ins nahe Dorf gewesen war, dessen Lichter unweit sichtbar waren. Ja, es war der Besitzer des verunglückten Pkw´s. Sichtlich erregt und außer Atem stellte er sich vor und bat, sein Fahrzeug aus seiner mißlichen Lage zu befreien.
Ein Rehbock wäre plötzlich über die Straße gewechselt, erzählte er, und beim Ausweichmanöver war sein Wagen seitwärts abgekommen und halbwegs die Böschung hinunter gerutscht.
Das Auto war offenbar unbeschädigt, aus eigener Kraft kam er den Abhang aber nicht wieder hinauf. Nun, wenn es nur das war, dann konnte dem Mann ja geholfen werden!
Auch Bauer Strüwing war sich darüber im Klaren, daß hier auf dieser Nebenstraße kurz vor Mitternacht mit Hilfe durch einen Abschleppdienst wohl nicht zu rechnen war. Man ist doch schließlich kein Unmensch, auch wenn seine Nachtruhe bis zur Frühschicht nun noch kürzer ausfallen würde!
Also koppelte er seine beiden Hänger ab und zog dann mit seiner starken Zugmaschine den verunfallten „Ford" zurück auf die Straße.
Es stellte sich heraus, daß dieser fahrbereit war und äußere Schäden nicht sichtbar waren, soweit sich dies in der Dunkelheit feststellen ließ.

Allerdings ging bei der Hilfsaktion oder während des Wildunfalls ein unbeleuchtetes Überholverbotsschild zu Bruch und ebenso ein schwarzweiß gestrichener Straßenbegrenzungspfosten, der im Eifer des Hin-und-her Rangierens übersehen wurde.
Während Strüwings Abschleppaktion hielt auch ein vorbeikommendes Auto kurz an, brauste dann aber wenig später wieder davon. Daß eben

dies dem Bauern zum Verhängnis werden sollte und zu einer Fülle von unangenehmen Anzeigen gegen ihn führen würde, kam Strüwing erst später zum Bewußtsein.
So notierte er nicht einmal das Autokennzeichen des Unfallfahrzeugs, als der Fahrer ihm nun dankbar einen 20-Mark-Schein in die Hand drückte und im Dunkel der Nacht verschwand. Auch für ihn schien der Fall damit erledigt.
Mit sich und der Welt zufrieden, stieg Horst wieder auf seinen hochrädrigen „Fendt", nachdem er seine Hänger wieder angekoppelt hatte.
Die Fahrt zum heimatlichen Hof war nur kurz und todmüde sank er auf seine Lagerstatt.

Aber schon am nächsten Morgen interessierten sich auf Grund einer anonymen Anzeige die „Weißen Mäuse" für sein nächtliches Tun, das verständigte Straßenunterhaltungswesen ebenfalls und die beiden Sachbeschädigungen wurden dem Bauern angelastet.
Nach einiger Zeit ging überdies noch infolge der Nachforschungen der Verkehrspolizei ein Schreiben vom Finanzamt ein - *„er hätte seine nur für landwirtschaftliche Arbeiten steuerlich bevorzugte Zugmaschine nicht für Fuhrleistungen im öffentlichen Straßenverkehr mißbrauchen dürfen!"* Schwarz auf weiß stand es so da!
Horst Strüwing kratzte sich ärgerlich hinterm Ohr. Ja, er las richtig. Das Finanzamt führte in seiner mit Aktenzeichen angeführten Erläuterung aus, daß damit die bislang gewährte teilweise Steuerermäßigung für sein Fahrzeug verwirkt sei und daß für den 5,8 Tonnen schweren Trecker umgehend eine Steuernachzahlung von einem Pfennig pro Kilogramm zu entrichten sei, also 58 Mark!
Kann man es dem Bauern verübeln, daß er grimmig seine mächtige Faust auf den Tisch donnerte, als er dies las?
Der gute Mann war stinksauer!
Zunächst der Ärger mit der Verkehrspolizei und dem Straßenbauamt.
Und nun dies noch!
Einen Pfennig pro Kilogramm sollte er zahlen. Einfach lachhaft!

Das hatte man nun von seiner Hilfsbereitschaft auf der Landstraße in jener finsteren Sommernacht! War der nachgeforderte Betrag auch nicht allzu hoch, diese Aktion des Finanzamtes brachte den Landwirt über alle Maßen auf!
Er verweigerte also die Zahlung und legte Widerspruch ein.
„Leider kann ich mich nicht an den Fahrer des verunglückten Fahrzeuges halten, da ich im Eifer der nächtlichen Hilfsaktion dessen Fahrzeugnummer nicht vermerkte“, teilte er dem Finanzamt mit. *„Man möchte doch die Sache niederschlagen.“*
Jedoch, es war alles vergebens! Die Steuerbestimmungen besagten tatsächlich, daß sein Trecker nur für Arbeiten auf Äckern und Feldern steuerermäßigt war, wenn man es genau nahm. Und die Finanzgewaltigen nahmen es genau. Die gute Tat geschah auf offener Landstraße, das könne Strüwing doch nicht leugnen.
Nein, das konnte und wollte er wahrhaftig nicht und so kannte die Bürokratie kein Erbarmen und bestand auf ihrer Forderung. Von seiner guten Tat blieb sie unbeeindruckt.

Dennoch hatte sein Widerspruch und der umfangreiche Briefwechsel etwas Positives! Dem Bauern kam es gar wie eine höhere Fügung vor. Denn es zeigte sich, daß es auch im Finanzamt Menschen mit einem guten Herzen gab. Wenigstens einen! Und der hieß Christian Haller.
Dieser saß sogar in der obersten Etage und hatte den größten aller Schreibtische in diesem weitläufigen Gebäude, denn er war der Chef.
Strüwings Erstaunen dürfte verständlich sein. An dieser Stätte hatte auch er nur Schreibtischtäter vermutet, die sich stur in einem unbarmherzigen Federkrieg gegen Steuersünder befinden.
Als der Schriftwechsel Horst Strüwings und seiner - fiskalisch gesehenen - Verfehlung auf seinem Schreibtisch landete, warf er die Steuernachforderung allerdings nicht in den Papierkorb, wohin sie doch wohl eigentlich gehörte. Denn soviel Macht gegenüber Bürokraten hatte selbst er nicht, das Verfahren gegen den Steuersünder Strüwing einzustellen.

Auch seines Wissens kannten die Steuergesetze keine Klauseln, die in diesem Falle Gnade vor Recht ergehen ließen.
Die Steuer war rechtens festgesetzt, daran war von Amts wegen nicht zu rütteln! Keiner unter den vielen fleißigen Bediensteten dieses hohen Hauses wußte das besser als er.
Nein, bezahlen muß auch der gute Mensch für seine gute Tat! Wohin kämen wir sonst! Käme nicht sonst das Staatswesen gar in Gefahr?

Der gute Christian wollte aber nicht vor sich selbst schlechter dastehen als der gute Horst. In aller Stille beschloß der Finanzamtsleiter, den Gesetzen ein Schnippchen zu schlagen - ihnen Genüge zu tun und dennoch dafür zu sorgen, daß die gute Tat des Bauern nicht auch noch bestraft wird.
Und so nahm er den amtlichen Nachforderungsbescheid an sich und beglich die schuldige Summe aus eigener Tasche! Mit ein paar freundlichen Worten teilte er dem Landwirt in einem separaten Schreiben mit, daß damit der Fall aus der Welt wäre.

Höchst unwahrscheinlich - diese Geschichte! Manch einer mag dies jetzt denken und es ist ihm nicht zu verübeln.

Kurzum, es ist so, wie Joachim Ringelnatz feststellt:

ES GIBT NICHTS GUTES - AUSSER MAN TUT ES !

Das ist es, worauf es ankommt.

Seit 1994 grüßt der neuerrichtete Turm
der Rostocker Sankt-Petri-Kirche wieder ins Mecklenburger Land.
Er wurde 1942 durch britische Bomben zerstört.

Fast ein halbes Jahrhundert !

Mecklenburg wurde April/Mai 1945 von den Sowjet-Truppen bis zu einer Linie: östlich Wismar-Schweriner See-Ludwigslust erobert. Ein weiter westlich liegender Teil des Landes wurde den Russen entsprechend den Beschlüssen der Regierungschefs Stalin, Churchill und Roosevelt (1944 in Jalta) von den Engländern und Amerikanern zwei Monate später überlassen.
Stalin stationierte hier für die nächsten Jahrzehnte eine ganze Besatzungsarmee samt vielen russischen zivilen Angestellten und Familien. So lebten in und um die Stadt Neustrelitz mehr Russen als deutsche Einwohner.

Es ist kaum zu glauben, aber erst nach fast einem halben Jahrhundert, nach 49 Jahren und vier Monaten, verließen am 30. August 1994 die letzten russischen Soldaten unser Heimatland.
Erst mit diesem Tag ging für so manchen in Mecklenburg und Vorpommern die Kriegs- und Nachkriegszeit zu Ende!

Zu danken ist den Erzählern:

Ernst Behrens, Sattlermeister in Warin
Christoph Pentz, Landessuperintendent in Wismar
Erna Jörß, Geschäftsfrau in Brüel
Wilhelm Rüter, Kaufmann in Teterow
Ernst Schulze, Rentner in Sternberg
Walter Stopsack, Pastor in Bülow
Gerda Riebe, Katechetin in Teterow
Ernst Dietrich, Lehrer in Warin
Charlotte „Possehl", Rentnerin in Bützow
sowie Heinrich Jahn, Pastor i.R. in Bielefeld
u.a.

Wo es angebracht erschien, sind zuweilen die Namen von Personen und Örtlichkeiten verändert worden, aber sonst ist alles so geschrieben, wie es dem Autor bekannt wurde.
Die plattdeutsche Erzählweise wurde nach Möglichkeit beibehalten.

Auskunft

Der Autor, Joachim Fründt, ist 1932 in Retgendorf am Schweriner See geboren.
Aufgewachsen ist er in Lübz, Rostock und Teterow. Dann war er Pastor und Propst in Karchow (Müritz), Warin und Bützow.
Joachim Fründt lebt heute in Warin und Ahrenshoop im Ruhestand. Die Fründts gehören zu den „Ureinwohnern" von Mecklenburg.

Christine Jörss-Munzlinger, seine Tochter, die die Bilder beigesteuert und außerdem dieses Buch lektoriert und in Form gebracht hat, ist 1959 in Röbel geboren.
Nach Abitur und Fotografenausbildung machte sie sich 1984 mit einem Portraitstudio in Sternberg selbstständig.
Seit der Wende gestaltet sie Kalender, Broschüren, Bücher und Ausstellungen.
Von ihr stammen viele Fotobücher über Rostock, Güstrow, Neustrelitz, Warschau und Krakau. Im Baltikum, in Paris und Amerika und immer wieder in Mecklenburg-Vorpommern hat sie fotografiert.

Aus der Reihe bereits erschienen:

Hochdeutsche Ausgabe

Joachim Fründt
„Kaum zu glauben!" Band I
Erstaunliches und Vergnügliches
aus Mecklenburg
ISBN 3-8311-1285-1

Hochdeutsche Ausgabe
vorliegender Band

Joachim Fründt
„Kaum zu glauben!" Band II
Erstaunliches und auch Vergnügliches
aus der Vorkriegs-, Kriegs- und Nachkriegszeit
in Nordostdeutschland
ISBN 3-8311-1285-1

Zur Veröffentlichung vorbereitet sind:

Plattdeutsche Ausgabe
erscheint Nov./Dez. 2001

Joachim Fründt
„Gornich to glöben!" Band I
Ein Läsvergnögen ut de „gode olle Tiet"
ISBN 3-8311-2079-X

Plattdeutsche Ausgabe
erscheint 2002

Joachim Fründt
„Gornich to glöben!" Band II
Ut de Kriegs- un Nakriegstiet

Diese Bücher sind erhältlich bei:
Christine Jörss-Munzlinger / photoart · print · medien 19406 Kl. Görnow
über Ihre Buchhandlung
über Internet: *http://www.libri.de* oder *http://www.amazon.de* u.a.

Vorankündigung
ISBN 3-8311-2079-X

JOACHIM FRÜNDT

„GORNICH TO GLÖBEN !"

I

Ein Läsvergnögen ut de
„gode olle Tiet"